“中原文化名家”政府资助项目

□■ 高金光，诗人、作家，河南淅川县人，作品以诗见长，并涉及散文、评论等领域，曾出版各类文集 9 部，其中文艺评论集《浅草集》获河南省第三届文学艺术优秀成果奖，诗集《人间呼吸》获第二届杜甫文学奖。系中国作家协会会员、2018 年度“中原文化名家”入选人员，现供职于河南日报报业集团。

卷首集

高金光——著

中原出版传媒集团
中原传媒股份公司
大象出版社
·郑州·

图书在版编目(CIP)数据

卷首集 / 高金光著. — 郑州 : 大象出版社,
2020. 11
ISBN 978-7-5711-0783-3

Ⅰ. ①卷… Ⅱ. ①高… Ⅲ. ①随笔-作品集-中国-
当代 Ⅳ. ①I267. 1

中国版本图书馆 CIP 数据核字(2020)第 197561 号

卷首集
JUAN SHOU JI
高金光 著

出 版 人 汪林中
策　　划 杨秦予
责任编辑 张韶闻
责任校对 张绍纳
装帧设计 王莉娟

出版发行 大象出版社(郑州市郑东新区祥盛街 27 号 邮政编码 450016)
发行科 0371-63863551 总编室 0371-65597936
网　　址 www. daxiang. cn
印　　刷 洛阳和众印刷有限公司
经　　销 各地新华书店经销
开　　本 787 mm×1092 mm 1/16
印　　张 6. 625
字　　数 105 千字
版　　次 2020 年 11 月第 1 版 2020 年 11 月第 1 次印刷
定　　价 42. 00 元
若发现印、装质量问题,影响阅读,请与承印厂联系调换。
印厂地址 洛阳市高新区丰华路三号
邮政编码 471003 电话 0379-64606268

第二辑　正言正声

第三辑　赞歌赞辞

第四辑　诗文诗意

自　序

写卷首语不易，写出能叫好的卷首语更难。

所谓卷首语，就是刊发在期刊扉页上的文章。

平常阅读会发现，很多期刊特别是时政类、生活类、青春类、文艺类等期刊，每期的扉页上都有卷首语，多则千余字，少则几百字，往往在一页上呈现。一本期刊到手，不知别人如何翻阅，如果有卷首语，我一般是会先把卷首语读完，再去读其他文章的。

很多年前，《辽宁青年》上的卷首语曾迷住过很多年轻人的心。那些富有激情和思辨色彩的文字，哺育了整整一代人。

当然，我也是那一代人中的一员。

在我的认知里，卷首语是一本期刊的门径，也是一本期刊的眼睛。通过它，阅读者大体会领悟到主编者的编辑脉络及当期期刊的主旨和方向。所以，卷首语看似文字不多，其担负的任务和使命却相当重要。

而卷首语写作，从一定意义上说，也是一门相对专业的功课。

要问卷首语归属哪类体裁，还真不好概括，因为它千姿百态、千种百样，没有谁规定过统一的范式。有的像哲理性的散文或散文诗，有的像杂文或随笔，有的像故事或寓言，有的则像政论文或说明文，但它们分别既像又不完全像。不过，一般来讲，不论像什么，每一份期刊的卷首语大体会呈现统一的样貌，不然这一期和那一期区别太大，没有规律性，读者是会摸不着北的。

至于卷首语的作者，有期刊的责任编辑，也有期刊约请的作家或方方面面的人士。有的期刊的卷首语，期期明显是责任编辑执笔，因为它侧重于导读，就是把当期的重要文章做概括性的简要介绍，便于读者重点把握；有的期刊的卷首语，期期明显是作家或有关方面人士执笔，因为它侧重于启示，导读的意味虽不明晰，但字里行间又分明体现着责任编辑的意图。

对我来说，不论是阅读经历，还是自己任某期刊副总编辑、总编辑的工作经历，是比较偏爱那种有启示意味的卷首语的，更直接一点说，偏爱那种哲理性强的散文、散文诗和随笔一类的卷首语。

在任某期刊副总编辑、总编辑的十几年里，我对卷首语极为重视，也情有独钟，常常在特殊的时间节点或重要的时刻亲自动笔，先后写下了几十篇卷首语。欣慰的是，我写的卷首语，很多受到了读者的好评，有的被其他期刊或网站转载，有的在全国性的好稿评选中获得了大奖。现在，虽然离开期刊岗位好几年了，但每每翻看过去发表的这些文字，当时写作时的情景似乎仍历历在目，甚至敝帚自珍，视为最爱。这次挑选近 50 篇结集为《卷首集》，其中除少部分发表在其他报刊外，绝大多数都见于《党的生活》杂志上，也算是对那段经历的总结吧！

我将这些作品分为四辑。第一辑因大多写在新年之际和季节转换之时，故名之为“时序时光”；第二辑因大多有比较浓郁的时政评论色彩，故名之为“正言正声”；第三辑因大多是对时代楷模、时代精神的赞颂，故名之为“赞歌赞辞”；第四辑因是对革命家和领导人诗歌的鉴赏，故名之为“诗文诗意”。至于篇目的排序，并没有按发表时间之先后，主要考虑是以“意”贯之，更多侧重于文章内容内在的相对逻辑性。

如果要谈写作卷首语的体会，我感觉有四个方面是需要格外注意的。

一个是思想性。有思想性，卷首语就有了灵魂。卷首语既然占据着卷首的要位，担负着卷首的职责，首要的也是最重要的，就是要有思想性。所谓“举一纲而万目张”，思想性就是卷首语的“纲”。表达什么、鼓励什么、弘扬什么、启迪什么，不能模棱两可、似是而非，要给读者清晰的指向，使读者读了卷首语有所顿悟，有所思考，进而引起对期刊内容阅读的欲望。思想性从何而来？来自对时代精神的把握，来自对日常生活的观察，来自对政策和工作的理解。只有把这些吃透了、嚼烂了、融会于心了，才会出观点、出思想。

一个是艺术性。有艺术性，卷首语就有了风骨。思想性固然重要，但如果只是板着面孔的说教、端着架式的灌输，必然枯燥乏味，使读者享受不到阅读的快感。所谓“章有章法，句有句法，字有字法”，就是说卷首语写作也是需要讲究点技巧的。要善于将思想寓于形象之中，通过一个个鲜活的形象，让读者可感可触，如在眼前；要善于将思想寓于修辞之中，通过比喻、对偶、排比、用典、通感等手法，让读者乱花迷眼，心驰神往。总之，要充分发挥想象的功能，要尽情展开联想的翅膀，“思接千载，视通万里”，“精骛八极，心游万仞”。

一个是情感性。有情感性，卷首语就有了温度。思想性也好，艺术性也罢，如果不能诉诸写作者的情感，其感染力度就会大打折扣。情感性其实是一个写作态度问题，是因情造文，还是为文造情，读者自然会得出自己的判断。缺乏情感，或者情感虚假，就很难唤起读者心灵上的共鸣；而饱含深情、倾注真情，能够让读者与你或一起欢乐、一起歌唱，或一起激动、一起悲痛，正是一切写作者应该具有的品质。白居易说“感人心者，莫先乎情”，王国维也说“昔人论诗词，有景语、情语之别，不知一切景语，皆情语也”，实为至理。

一个是精粹性。有精粹性，卷首语就有了神态。正如前面所说，卷首语多则千余字，少则几百字，短和小正是它的特色，也是它的相貌。但这里的短和小只是表象，关键是要短小而精粹、言简而意丰，换句话说，就是既要有颜值，还要有内蕴，做到思想性与艺术性、情感性兼具。我们常说文章长而虚不好，然短而虚同样不好，都是令人讨嫌的。陆机云：“立片言而居要，乃一篇之警策。”这句话好像就是对卷首语而言的。卷首语不争文字之短长，不仅仅是惜字如金、惜墨如金，关键要在有限的篇幅里留下让读者回味无穷的东西。

当然，不同的期刊因为性质不同、定位不同，对卷首语的要求还会强化更多的方面。譬如时政类的期刊，还会注重政治性；生活类的期刊，还会注重知识性；文艺类的期刊，还会注重前沿性；等等。总之，各有侧重，各有千秋。

还是开头那句话，写卷首语不易，写出能叫好的卷首语更难。我只是实践过，在卷首语这片园地里耕种过、收获过，仅此而已。我从事过的期刊属于时政类，写下的这些卷首语，是不是达到了以上所述“四性”或更多“性”的融为一体、合而为一，就留待方家批评指正。

是为序。

2020 年 7 月 8 日于郑州

第一辑

时序时光

以奔跑的姿态向前

东风放虎归山去，明月探春引兔来。虎年刚过，兔年接踵而至，大地万象更新，春色奔来眼前。

在山林，在旷野，在草滩，在河岸，在一切被晨光沐浴着的充满生机的地方，你将会看到一幅动人的景象：兔子们正在奔跑。这些大自然的精灵，一只、两只、三只，七只、八只、九只，奔跑起来的姿态，那么迅疾，那么快捷，那么机敏，那么可爱。

我忽然想到，成语“静若处子，动如脱兔”中的“脱兔”，指的就是它们啊！

这成语源自《孙子·九地》，原话是“始如处女，敌人开户；后如脱兔，敌不及拒”，描写的是战争中的状态，即军队未行动时要像未出嫁的姑娘那样持重，一旦行动起来就要像奔跑的兔子那样敏捷。在生活中，我们确实经常需要安静，并且在该安静的时候一定要“静若处子”，但在为事业而奋斗的征程上，必须要“动如脱兔”。所以，我很欣赏兔子们奔跑起来的姿态，那是活力的象征，是充满生命力和创造力的表现。是的，我们需要像一只奔跑的兔子，迎接兔年，奔向兔年，跑过兔年。

奔跑的形象其实是一种精神状态。这种精神状态应当是饱满的、生动的、鲜活的，而不是干瘪的、死寂的、枯萎的。试想，一个人整天死气沉沉、萎靡不振、一脸呆相，给别人的会是一种什么感觉？精神状态不好，一方面会伤害自己的身体，另一方面则会“污染”环境，不仅给家庭、亲人造成负面影响，对周围的同事、朋友也会造成心理压力。再试想，一个人生机勃勃、精神焕发、满面春风，给别人的又该是一种什么感觉？那肯定是一番赏心悦目的新气象。

奔跑的形象其实是一种人生追求。精神状态不好的人，除了患病者，大多是因为失去人生目标，缺乏人生追求，所以才浑浑噩噩、得过且过。而一个有理想、有追求的人，绝对是动如脱兔、生龙活虎。他会把时间看得比什么都宝贵，珍惜分分秒秒，去努力地充实自己、完善自己。他会把尊严看得比天大，为了实现人生的价值，情愿牺牲一时的华彩、享受、安乐。他会无视世间一切的艰难和困苦，无视前面一切的坎坷和路障，勇敢地向前，不断地跨越。

奔跑的形象其实是一种工作态度。“龟兔赛跑”的故事人人尽知，但在现实生活中仍然屡屡发生。看来，不论是谁，即使具备兔子的本领，即使有一身的武艺，如果浅尝辄止、半途而废，到头来也会落到乌龟的后面。我们不能因取得了一点点成绩就沾沾自喜、停滞不前，甚至因循守旧、抱残守缺，而要始终保持积极进取的态势，一步一个脚印，认认真真，踏踏实实；要像奥林匹克竞技那样，永远更快、更高、更强，不断在工作上取得新成就，在事业上取得新辉煌。

适逢兔年，恰是新世纪又一个新年的开始，又一个十年的开头，更是“十二五”规划的开局。这是一个很好的预兆，预兆着我们的前路必将更加开阔，预兆着我们的明天必将更加壮美。

让我们动如脱兔，奔跑起来吧，以一种良好的精神状态，以一种不懈的人生追求，以一种扎实的工作态度，一路高歌猛进，一路旗开得胜！

以奔跑的姿态向前，实际上应当成为我们一贯的追求！

2011 年 2 月

乘上开往春天的列车

此刻，和暖阳光再一次普照大地，和煦新风再一次光临窗前，那久违了的明媚、明丽和明亮再一次回到人们的心头。

长长的期待之后，春天，终于来了！

让我们乘上开往春天的列车出发吧，重新去打量神州的大好河山，重新去察访南方的迷人风情。

刚刚过去的那个冬天，不同寻常。暴雪、冷雨，接连扑打着祖国母亲高大的身躯；凄风、冻冰，接连困扰着祖国母亲前行的脚步。适逢中华民族传统的盛大节日——春节来临，多少亲人找不到回家的道路，多少家庭陷入“失明”的黑夜。航空港里，一架架飞机扇不起巨大的翅膀；高速路上，一辆辆汽车迈不动奔驰的车轮；铁道线上，一列列火车挪不动庞然的躯体。那输送光与火的电缆记不清有多少被一根根压断，那连接天与地的塔架数不清有多少被一座座压垮。原本纯洁无瑕的雪呵，原本很有诗意的雪呵，竟挥洒出如此残酷的意境。

这是一场五十年不遇的重大雪灾、冰灾、冻灾，这是一次检验我们智慧和能力的严酷考试。灾害面前，中国人再一次展现了超凡的魄力和毅力，再一次展现了同舟共济、万众一心、众志成城的时代风采。党中央、国务院紧急调度，社会各方面紧急动员，战冰雪、斗严寒，保交通、保供电、保民生，一场牵动全局的战役在大江南北打得分外迅猛分外激烈。我们看见，胡锦涛总书记亲自走到了最前沿，他深入矿井、深入港口的伟岸身影，他在机场亲自搬运救灾物资的动人画面，成为亿万人民心中巨大的精神支撑。我们看见，温家宝总理亲自来到了第一线，他在长沙、广州火车站广场向滞留旅客的动情讲话，他在贵州灾区向电力工人的深情问候，成为亿万人民心中巨大的精神安慰。我们的党啊，永远是照亮天空的太阳，永远是驱散阴霾的明灯！

在持续一个月的战斗中，我们的干部群众写下了传奇，我们的人民军队立下了新功，我们的电力工人谱写了凯歌，我们的煤矿工人创造了奇迹……一个又一个闪亮的名字，用他们无私的奉献注释着英勇无畏的含义，成为人们心中崇高的山岳和丰碑。

冬天过后是春天，风雪过后是彩虹。

祖国啊，江山仍如此多娇！

让我们乘上开往春天的列车一路向前，越过淮河、越过长江，越过中原、越过江汉，看凝固的冰雪悄悄融化，看簇新的道路条条伸展，看倒塌的房屋重新站起，看搁浅的小舟重新扬帆。

让我们乘上开往春天的列车一路向前，赶往湖南、赶往广东，赶往贵州、赶往四川，看山野平川重新点燃的万家灯火，看清晨傍晚依旧飘散的袅袅炊烟，看城市乡村激情释放的烟花爆竹，看红男绿女尽情绽放的灿烂笑脸。

让我们乘上开往春天的列车一路向前，沐浴春光、呼吸春风，激荡春心、领略春意，看党心如何会聚了民心，看干群如何凝成了铁肩，看意志如何战胜了困苦，

梅等如我
戊戌初冬
中原馮傑
種梅無雙

看苍天如何化作了蔚蓝。

2008 年岁首，这场与冰雪的战斗注定将载入中华民族厚重的史册，这场与灾害的较量注定是一首绚丽的诗篇。

春天来了，让我们尽情地拥抱她吧！看，江南依然草长莺飞，中国依然生机无限……

2008 年 3 月

难舍 2008　憧憬 2009

时序，总是在不知不觉中缓缓从我们身边流过；岁月，总是在不知不觉中悄悄翻开新的一页。情感似乎还沉浸在 2008 年的日子里，眼前已洒来 2009 年的阳光。

多么难舍的 2008 年啊！在这一年，我们经历了太多的大悲大喜，贮存了太多的记录记忆。年初那罕见的冰雪灾害，特别是 5 月 12 日发生在四川汶川的特大地震，给国家和人民的生命财产造成了极为惨重的损失。欣慰的是，在党中央的坚强领导下，全国人民齐心协力、众志成城，与自然灾害进行了空前的斗争，均取得了决定性的胜利。特别要告慰地震中死难的亲人和同胞，我们在极为不利的特殊环境下，成功举办了北京奥运会、残奥会，实现了中国政府和中国人民对国际社会的庄严承诺，北京绚丽的舞台“鸟巢”让世界见证了中国的发展和进步；同时我们还圆满完成了“神舟七号”载人飞船的发射任务，三名航天员的默契配合、自信镇定，聂海胜的太空行走、潇洒舞步，向世界昭示中国已跻身于国际航天大国……

2008年注定是一个不寻常的年份。这是学习贯彻党的十七大精神的重要一年，是深入实践科学发展观的重要一年。在这一年，我们还胜利召开了党的十七届三中全会，吹响了进一步推进农村改革的新号角；迎来改革开放30周年，掀开了进一步昂首走向世界的新纪元；踏踏实实埋头苦干，写下了经济社会进一步繁荣发展的新篇章。解放思想、改革开放、科学发展，已经凝聚成全体人民的共识，已经汇聚成一股强大的力量。

此刻，憧憬2009，我们有太多的期待、太多的向往。尽管国际金融危机的寒风此时在全球刮得正紧，但中国“风景这边独好”的大势定将是无可争议的事实。因为我们有中国特色社会主义的巨大优势，有改革开放30年积聚的雄厚国力，有960万平方公里土地的辽阔幅员，有13亿发展中人口的巨大需求，有党中央、国务院和全国人民的紧密团结，有历经劫难而不屈的民族自强不息的宝贵精神财富……

期待2009，我们首先期待地震灾区重建的步伐继续加快，期待地震中亲人们遭受重创的伤口尽快抚平，期待灾区人民的生活更加美好；期待2009，我们更加期待举办了一场无与伦比的奥运会后的中国为新的梦想展开更加有力的翅膀，期待能够发射“神七”的中国更加神奇和神气。

向往2009，我们衷心祝福伟大祖国天更蓝、水更清、花更艳，北国和南方江山更加壮丽，东部和西部大地更加富庶；向往2009，我们真诚祝愿科学发展的理念进一步深入人心，正在全面建设的小康社会再次迈出坚实的一步，一切对未来充满向往的人们脸上露出更多灿烂的笑容。

请记住，2009年，我们伟大的中华人民共和国即将迎来60岁的华诞。60岁，对一个人来说，可能已步入老年，但对我们的共和国来说，她还是青春年少。我们相信，2009年的10月1日，必将又是一个普天同庆的时刻，让我们从现在起就准备好激情，去热烈地迎接她!

一元复始，万象更新。看啊，2009 年已经在窗外展开了亮丽的身姿。她乘着雪花而来，而跟在雪花后面的一定是春的消息：江河即将解冻，汽笛就要鸣响，轮船就要远航!

让我们出发，向着更加壮阔的明天!

拥抱您，2009 年!

2009 年 1 月

对牛当歌

我不属牛，但我喜欢牛。牛的温顺、善良、谦卑，是深得人们信任的。小时候在乡下，几乎家家都要养上一两头牛，牛是一个家庭的寄托和希望。人们靠牛耕地，靠牛拉车，靠牛应对一件一件重体力活，无法想象离开了牛的日子该是怎样的辛苦和难熬。我像我的父亲和母亲一样，对我们家的牛总是爱惜有加。放学的时候，我总会顺便薅点青草带回牛栏，看着牛大口大口咀嚼的样子，心里就会有一种无比的欣悦和幸福。逢上星期天，我最爱牵着牛到河滩里放牧，把牛往草地上一丢，自己只管躺到河岸读书，一个上午它就吃得肚胀腰圆，毛色发光。和牛一同回家的路上，我的脸上往往洋溢着一种小有成就的自豪感。

北方盛产黄牛，南方盛产水牛，我家乡的牛以黄牛居多。其实，不论是黄牛还是水牛，除形象上有区别外，它们基本的素质是差不多的。

牛的品德像羊，牛和羊在一起，呈现的是一种和谐美好的景象。歌曲中唱的“到处是庄稼，遍地是牛羊”，描写的就是这样的情景。牛像羊一样，是属于自然的，它们和旷野、芳草、小溪连缀在一起，绝对是如诗如歌的画面。陆游《饮牛歌》曰“门外一溪清见底，老翁牵牛饮溪水”，多么幽静、多么富有诗意的场景。春天的日子，在南方的大地上行走，我想你经常会抓到牧童骑在牛背上横吹短笛的镜头。牛给生活带来的就是如此的温暖，牛给人间营造的就是如此的温馨。

牛的性格更像马，吃苦、耐劳，默默无闻，无怨无尤。有作家把自己的笔名起作“牛马走”，大概也是自比牛马，敬仰牛和马的这种精神吧。牛，终其一生都在为人类奉献，而索取的又是那么的少，这就是人们赞扬的它“吃下去的是草，挤出来的是奶”的品质。宋代诗人李纲写过一首《病牛》：“耕犁千亩实千箱，力尽筋疲谁复伤；但得众生皆得饱，不辞羸病卧残阳。”你看，在李纲的笔下，即使是病牛，还有那么崇高的境界。现代诗人臧克家笔下的《老黄牛》，更是了不起：“块块荒田水和泥，深耕细作走东西；老牛亦解韶光贵，不待扬鞭自奋蹄。”诗人真的是太了解牛、太理解牛，他把牛写活了。

今年是牛年。十二生肖中，牛排行鼠之后、虎之前，我不知道我们的老祖先为什么不将牛和马、羊排在一起。但不管怎么排，逢牛年来临，人们都会期冀很多，希望在这一年能够脚踏实地干出点名堂，希望在这一年能够收获更多的舒心和快乐。“Happy 牛 Year”，这是今年过年许多人用短信相互问候的流行语，其中透出的诙谐和智慧，让人倍感亲切。

2009 年的春天已经到了，春天，正是牛施展身手的好时候。牛们将冲出牛栏，到青青的山坡，到临水的河岸，给无限江山带来生机与活力；到待开垦的原野，到待播种的土地，开始又一番新的劳作。虽然，随着农村愈来愈现代化，那种牛拉犁的情形注定将与我们愈来愈远，但牛在人们心目中的地位和影响力将会持久不衰。牛奋力开拓、执着前行的姿态，将成为一种仪式和符号，沉淀在我们的记忆中，永远值得讴歌和称颂。

此刻，我想起了鲁迅那句著名的诗句：“俯首甘为孺子牛。”所谓孺子牛，就是心甘情愿无私奉献的人。这样的牛，正值效力“田间”的好时候，正是大展宏图的好时候。我希望自己在牛年变成这样一头牛，也希望更多的人在牛年变成这样一头牛，俯下身子埋头苦干，踏踏实实出力流汗，为我们共和国的 60 岁华诞贡献出一点力量。

2009 年 3 月

满怀信心向未来

迎着党的十八大的浩荡东风，公元 2013 年掀开美丽的面纱，以溢彩流光的新颖新鲜，闪亮地呈现在我们面前。

这注定是千山苍翠的又一年，是万江奔腾的又一年，是群芳竞艳的又一年，更将是生机勃发的又一年，是充满希望的又一年。

站在岁首，眺望未来，我们信心满怀。党的十八大描绘了全面建成小康社会的宏伟蓝图，擘画了“两个百年”的奋斗目标，鼓舞人心，催人奋进。到中国共产党成立 100 周年时全面建成小康社会，到新中国成立 100 周年时建成富强民主文明和谐的社会主义现代化国家，寄托着亿万中国人的梦想，凝聚着党中央的智慧。坚持以邓小平理论、“三个代表”重要思想、科学发展观为指导，按照党的十八大对经济建设、政治建设、文化建设、社会建设、生态文明建设和全面提高党的建设科学化水平的全面部署，准确领会，深入推进，我们就一定能够创造幸福美好的崭新生活。

“此时此刻，我们有一个共同的感觉：经过九十多年艰苦奋斗，我们党团结带领全国各族人民，把贫穷落后的旧中国变成日益走向繁荣富强的新中国，中华民族伟大复兴展现出光明前景。”胡锦涛同志在党的十八大报告中的这段深情讲话，道出了全党的心声，道出了全国各族儿女的心声。

我们有理由更加坚定道路自信、理论自信、制度自信。回首鸦片战争以来 170 余年里中华民族的苦难与艰辛，回首中国共产党成立以来 90 多年中党和人民同担风雨的奋斗与创造，回首改革开放以来 30 余年间中国特色道路的探索与实践，回首党的十六大以来 10 年科学发展的成就与辉煌，实践充分证明，中国特色社会主义是当代中国发展进步的根本方向，只有中国特色社会主义才能发展中国。中国特色社会主义道路、中国特色社会主义理论体系、中国特色社会主义制度，是党和人民奋斗、创造、积累的根本成就，必须倍加珍惜、始终坚持、不断发展。沿着中国特色社会主义道路毫不动摇走下去，不为任何风险所惧，不为任何干扰所惑，这是我们始终不渝的信念。

我们有理由更加坚持中国共产党的领导。没有共产党，就没有新中国。同样，没有共产党，就没有中国特色社会主义。中国共产党是中国特色社会主义事业的领导核心，任何时候、任何情况下，我们都要紧密地团结在党的周围，相信党、依靠党、忠于党、紧跟党，朝着党指引的方向奋勇前进。面对“我国仍处于并将长期处于社会主义初级阶段的基本国情没有变，人民日益增长的物质文化需要同落后的社会生产之间的矛盾这一社会主要矛盾没有变，我国是世界最大发展中国家的国际地位没有变”这“三个没有变”的最大实际，我们更要靠党领导人民推动发展，走向富强，真正实现中华民族的伟大复兴。

2013年是全面贯彻落实党的十八大精神的开局之年。开好局，关乎全局；迈好步，关乎全部。我们要在党中央的领导下，坚定道路自信、理论自信、制度自信，一步一个脚印，扎扎实实地顽强奋斗、艰苦奋斗、不懈奋斗！

“现在，大家都在讨论中国梦，我以为，实现中华民族伟大复兴，就是中华民族近代以来最伟大的梦想。”“历史告诉我们，每个人的前途命运都与国家和民族的前途命运紧密相连。国家好，民族好，大家才会好。实现中华民族伟大复兴是一项光荣而艰巨的事业，需要一代又一代中国人共同为之努力。”习近平总书记在参观《复兴之路》展览时的讲话，充满深情，令人感奋。

为了追逐那一个绚丽的“中国梦”，让我们从现在开始，向着2020年，向着2050年，再次出发！

2013年1月

新年的祈愿

一夜好风吹，新花一万枝。

当时序大步跨入 2016 年，我相信，每个人的眼前和心境都会是一幅全新的景象，眼前江山万里，心境万里江山，激动是在所难免的。

因为，新的开始、新的开端，在催促着我们！

因为，新的前程、新的前景，在召唤着我们！

面对这全新的一切，我更相信，每个人都会在心里许下祈愿：祈愿工作顺利，祈愿生活幸福，祈愿健康平安！

当然，我们的祈愿还有很多——

首先要祈愿风调雨顺。年前的一场大雪，笼盖四野，漫天皆白，来得多么及时，预示着今年又是一个丰收之年，又是一个欢乐之年。常言说，人努力，天帮忙。我省连续12年实现粮食增产，不能不说与老天爷的眷顾有很大关系。回想这么多年，我们国家真是要风得风、要雨得雨，虽然有时也会来三两次台风，有时也会下两三场暴雨，但基本上是和风细雨，是轻风软雨，而且在该来时来，在当止时止，不能不让人感慨和欣慰。试想，如果遇上大旱或大涝，人们连填饱肚子都会受到影响，怎能保证整个事业发展的顺利？所以，祈愿风调雨顺，让春夏秋冬交替在大地上自然演变，让雨雪雷电适时在生活里温柔问候，应当是我们永远的渴求、永恒的挂牵。

其次要祈愿民富国强。经过近40年的改革开放，我们的老百姓是越来越富裕了，我们的国家也是越来越强大了。众所周知的事实是，现在地球上到处都有中国人的身影，一方面是腰包鼓了，自然有资本到外面走走看看；一方面是胆气壮了，可以把项目和生意做到海外。但是，也要清醒地看到，与一些发达国家和地区相比，我们在各方面都还有不小的差距。从前不久中央扶贫开发工作会议透露的数据即可看出，目前我国还有 7000 万农村贫困人口没有脱贫。为此中央强调，要打赢脱贫攻坚战，促进全体人民共享改革发展成果，实现共同富裕。这一目标实在振奋人心、鼓舞人心。民富才有士气，国强才有底气，祈愿民富国强，我们就要一步一个脚印地加倍努力。

再次要祈愿家和事兴。有一首歌唱得好："家是最小国，国是千万家。"千千万万个家庭祥和安康、幸福美满，正是中国梦的题中应有之义。我们每个人作为国家的一员、作为家庭的一分子，既要把国家当作家庭来爱护，也要把家庭当作国家来敬重；既要爱国、敬业，做一个好公民，也要诚信、友善，做一个好家人。一个家庭就是一个小社会，一个家庭就像一个小国家，成员之间彼此相互尊重、真诚相待，各自把握准自己的角色，做个好父亲、好母亲，好公公、好婆婆，好儿子、好媳妇，众人拾柴火焰高，何愁祖业不兴、家业不旺？同时，我们还要注意做个好邻居，大家和睦相处，有难同帮，以真心换真意，以真爱换真情，就会换来春色满园，就会迎来和谐盛世。

2016 年是实施"十三五"规划的开局之年，是向着决胜全面建成小康社会目标迈进的又一关键之年。

在此时刻，祈愿风调雨顺，祈愿民富国强，祈愿家和事兴，正逢天时地利人和，一切都会如愿！

让我们满怀憧憬，向着理想的远方出发！

让我们张开双臂，去拥抱那美丽的风景！

2016年1月

家和万事兴

2007年的春节就要到了，又一个举国欢乐的日子就要来了。

你看，雪花百变千奇，在天空尽情地飘洒；彩球五颜六色，在风中畅快地抒情。

跟在这雪花后面的是急急赶路的脚步，映在这彩球丛中的是张张喜悦的笑脸。所有的汽车、所有的火车、所有的飞机在这一时刻铆足了劲头，马不停蹄，穿梭奔忙；所有的繁忙、所有的疲惫、所有的忧愁在这一时刻抛在脑后，朝向家门，一路匆匆。整个中国都在沸腾，所有的中华儿女都在激动。

这是我们年年期待的日子，这是我们岁岁盼望的日子。因为这一个日子与家联系在一起，与亲人联系在一起，与团圆联系在一起，与吉祥和喜庆联系在一起，与幸福和憧憬联系在一起；因为这一个日子有太多的话语需要倾诉，有太多的情感需要表达，有太多的美酒需要畅饮。

“每逢佳节倍思亲！”游子归来兮，在外打拼的儿女渴望回到家的怀抱；游子归来兮，凭窗凝望的母亲眼睛里满含柔情。贴春联、吃年饭，围炉夜话、辞旧迎新，我们每一个人都需要在热热闹闹、其乐融融的气氛中体味亲情的香甜，感受关爱的滋润。

这就是中国的春节，这就是中国特色的节日。它是一条感情的纽带，用家作港湾，把老人对子女的爱，把子女对老人的爱，把一家两代、三代甚至四代的爱紧紧地系在了一起。

回家！这两个字此刻成了我们唯一的挂牵。

回家！这两个字永远都是我们不变的诺言。

家，多么令人向往的所在，多么令人想念的地方。那是灯火，那是炊烟；那是母亲的白发，那是父亲的皱纹；那是可以放心打鼾的被窝，那是可以随意翻身的土炕啊！

让我们唱起那首《回家》的歌吧："多重多重的心事今天都放下，多远多远的路程今天都回家。迎春的大红灯笼门前高高挂，灯下有多少亲人盼着回家……多久多久的思念化作幸福的泪，最美最美的心情今天要抛撒。回家，回家，回家，回家的感觉，温馨着海角，温馨着天涯。"

让我们唱起那首《常回家看看》的歌吧："找点空闲找点时间，领着孩子常回家看看；带上笑容带上祝愿，陪同爱人常回家看看。妈妈准备了一些唠叨，爸爸张罗了一桌好饭，生活的烦恼跟妈妈说说，工作的事情向爸爸谈谈……老人不图儿女为家做多大贡献，一辈子不容易就图个团团圆圆。"

让我们唱起那首《家和万事兴》的歌吧："祖宗留下一句话，家和万事兴。妻贤福星广，母慈儿孝敬，众人拾柴火焰高，十指抱拳礼千斤。老百姓流传一句话，国安享太平。国强民才富，民富国安定，大河涨水小河满，众人栽树树成林……"

"家和万事兴，国安享太平。"是谁说的？真的是说到了我们的心坎上。

不是吗？一个家庭就是一个小社会，一个家庭就是一个小世界。一个人，不论他做出了多大的成就，他也永远属于他的家庭的一员。在家里他永远是一个小小的分子，应当为这个家庭负起责任和义务。应当知道，千千万万个小家庭的和睦和谐，正是我们这个社会大家庭和谐和睦的基础。

在构建和谐社会的今天，我们应当从构建和谐家庭开始，大力弘扬类似春节、中秋这样的中国传统节日，大力弘扬尊老爱幼、勤俭持家这样的中国传统美德，让每一个家庭都充满春天的芬芳，充满热烈的阳光。

春节的步履愈来愈近，让我们准备好行囊和孝心抓紧回家吧！愿我们每一个人都度过一个快快乐乐的春节！愿我们的祖国迎来又一个红红火火的新春！

2007 年 2 月

新年要有新气象

时间过得真快，思绪似乎还沉浸在2009年的日子里，但2010年的阳光分明已洒满了窗口。岁与岁的交替，年与年的接续，就是如此地推动着历史的车轮不断向前。

新年既然来到，就要有新开端，就要有新气象。所谓新气象，就是一种新的世界的浮出，就是一种新的景观的呈现。不论是事业也好、生活也好，不论是精神也好、心境也好，我们每个人都必须有一个新的调整、新的支点。如此，新气象才能够应时而生，才能够换来气韵生动、气象万千的新局面。过往的辉煌已经刻入年轮，重新起步，再次出发，正是矢志不渝的追求者应有的风范。

在新的一年迎来新气象，首先要有新风貌。换身新衣服，换个新发型，虽说也是一种新风貌，但这似乎只停留于表面。新风貌更重要的是一种精气神，是由内而外生发出来的那么一种充满朝气和活力的劲头。暮气沉沉、萎靡不振，抱残守缺、满足现状，得过且过、坐享其成，都是与新风貌背道而驰的，是干事创业的大忌。刚刚过去的一年，我们每个人都分享了新中国成立 60 周年欢庆的喜悦，那光荣和骄傲的 60 年有许多值得珍藏和铭记的宝贵财富，其中党和人民能够始终不停步、永远焕发青春风采，就是非常关键的一条。这其实是一种精神状态，一种不断进取、昂扬向上的精神状态。气只可鼓而不可泄。面对未来的 60 年、100 年、200 年，我们必须保持住这种良好的态势，年年以崭新的风貌迎接新的任务、新的挑战。

在新的一年迎来新气象，其次要有新行动。制订新的规划，安排新的方案，确定新的目标，都是新行动的表现。生活日新月异，前面风光无限，千万不能躺在往昔止步不前，要切切实实拿出具体可行的新行动来。假如你是一名官员，就要在造福一方、多出政绩方面有新行动；假如你是一名员工，就要在干好本职、服务人民方面有新行动；假如你是一位教师，就要在手执教鞭、教书育人方面有新行动；假如你是一位作家，就要在深入生活、写出新作方面有新行动……当然，新行动要以实干为前提，光说空话、光放空炮，再美好的规划、方案、目标，也只能是镜中花、水中月。辅之以实干的新行动，才是真正的新行动。每个人都拿出这样的新行动来，新年新气象才会有坚实的支撑。

在新的一年迎来新气象，关键要有新方法。干任何事情，做任何工作，都不能“外甥打灯笼，照旧（舅）”，不能一味走老路、照原样，要多动脑子、多想点子、多出新招，总之一句话，要有新方法，要创新。江泽民同志曾经指出，创新是一个民族不竭的动力。创新的意义在于，不仅是能干、实干，还是会干、巧干，只有这样，才能干出特色，干出亮点。同样是修建一座桥，依照老经验建起来，只要坚实稳固耐用，固然可行，但如果再加上科技含量，再加上美学理念，使其更加方便快捷、更加美观漂亮，岂不更好？同样是写作一篇文章，依照老思路写开去，只要明晰准确通畅，固然可行，但如果构思再新颖一点、布局再巧妙一点、着墨再艺术一点，岂不更美？新方法多了，我们工作的手段和能力就不会感到贫乏，效率也会大大提高。

俗谚说："莫道君行早，更有早行人。"在2010年已经迈开大步的时候，我们切莫迟疑，一定要及早做好准备，跟上时代的节拍，真正在新风貌、新行动、新方法上焕然一新。

出发吧——愿我们的生活迎来新气象，愿我们的事业迎来新气象，愿我们的国家迎来新气象！

2010年1月

又见春天

1

残雪刚刚从麦田里消失，小草已在田埂上冒出了嫩芽；远山朦胧，近野苍茫，河流涌动的旋律漫上了柳树的枝条。绿色重回大地，春天来了。

二月刚刚驱走了寒风，燕子已在天空亮开了翅膀；阳光洒金，青云飘摇，湖水泛动的波纹荡漾在孩子的面庞。温暖再回人间，春天到了。

2

这是2006年的春天。

在城市的脚手架上，一个戴着蓝色安全帽的建筑工操起扳手，拧紧了向第二十六层攀登的第一颗螺丝钉；在山村那一片向阳的坡地上，一个围着红纱巾的少女舞动铁锄，播下了她企盼丰收的第一粒种子；在新规划的一条高速公路工地上，一个显然是指挥长的青年人喊出了开工的第一声号子——

3

这是我国国民经济和社会发展第十一个五年规划的第一个春天。

在中央电视台的访谈节目中，一位身着西装的中年农民正在畅谈他对建设社会主义新农村的憧憬；在首都的一座科技展览馆里，一位干练机敏的企业家正向同行演示他创新的成果；在郑州的一个由社区居民自发举办的文艺晚会上，一位满头银发的诗人正在朗诵他歌颂春天的诗句。

4

这个春天落地有声，在21世纪头20年的关键时期，她昭示着又一个新的起点。听，春雷阵阵，预示着风调雨顺，预示着六六大顺。

这个春天不同凡响，在向着2020年前进的征程中，她印下了又一个新的足迹。看，春路迢迢，满眼是山明水秀，满眼是花香鸟语。

5

“立足科学发展，着力自主创新，完善体制机制，促进社会和谐”。党的十六届五中全会把一幅崭新的蓝图展现在了我们的面前，相信每个人都会在心海里描画着这个春天的模样。

春日温暖，春风和煦。是的，春天总是充满了希望。在这崭新的世界里，让我们每个人都许下心愿，盼望祖国更加强大，盼望生活更加美好。

春露滋润，春雨清心。是的，春天总是充满了力量。在这振奋的季节里，让我们每个人都焕发青春，追求人生的辉煌壮丽，追求事业的红红火火。

6

春天的故事美丽动人。曾记得，改革开放以来，我们迎来了多少个阳光灿烂的春天，见证了多少个鲜花遍地的春天，又亲历了多少个五彩缤纷的春天啊！

春天寄托着吉祥与祝愿，春天象征着幸福与和谐。让我们热爱春天，守护春天，拥抱春天。

“春色满园关不住”。中国的明天，必将永远春光明媚，春色无边。

2006年1月

今年春色倍还人

紧跟着时代前进的脚步，伴随着中原发展的进程，《党的生活》和广大读者一起迎来了 2015 年！

此时此刻，品读唐代诗人杜审言《春日京中有怀》中的诗句“寄语洛城风日道，明年春色倍还人”，我们为自己定下了新的目标：寄语河南众乡亲，今年春色倍还人！

刚刚过去的 2014 年，《党的生活》围绕中央和省委的重大决策和部署，围绕省委、省政府的中心工作，围绕党员干部和人民群众普遍关心的热点、难点问题，着力抓好习近平总书记系列讲话精神的学习和理解，着力抓好中国特色社会主义理论体系和“中国梦”的宣传和教育，着力抓好党的群众路线教育实践活动的推动和开展，着力抓好“四个河南”、两项建设任务的引导和推进，着力抓好“坚定总坐标、坚持总思路、完善总方略”要求的解读和阐释，在统一全省广大党员的思想和意志，凝聚全省人民的智慧和力量，奋力实现中原崛起、河南振兴、富民强省的道路上谱写了新的华章。

在这一年里，我们工作的总思路，就是把《党的生活》杂志打造成一份有高度、有深度、有态度、有温度的党刊。如果留心，您可能会发现，2014 年的《党的生活》明显呈现出四个不同于往年的特点：一是刊期变了。由月刊变成了半月刊，上半月刊侧重政治性、指导性、思想性，下半月刊侧重知识性、实用性、可读性，上、下半月刊各有特色又相互补充，更好地满足了读者需要。二是文化浓了。我们重点打造的“在河之南”这一品牌栏目，充分体现了河南厚重的文化特色，增强了刊物的思想含量、文化分量、艺术质量。三是文风转了。我们积极转换话语体系，力争用典型说话，用事实说话，用数字说话，用群众喜闻乐见的语言说话，追求自然质朴、生动鲜活的文风。四是杂志美了。我们注意美化“四封”和内文版式设计，图文并茂，同时首次实行双色印刷，使刊物更具有艺术性和观赏性。

2015 年是全面深化改革的关键之年，是全面推进依法治国的开局之年，是全面完成“十二五”规划的收官之年。如何在新的一年有更大的作为，我们和您一样，在总结，在谋划，在思考。

巩固刊期改革成果，使《党的生活》的质量和水平再上一个大台阶，成为我们今年工作的中心任务。为此，要更加认真地贯彻落实习近平总书记和郭庚茂书记关于宣传思想工作的一系列重要讲话精神，进一步唱响主旋律，打好主动仗，增强责任感；要尽好基本职责，围绕中心、服务大局，大力宣传中央和省委的决策部署；要在增强吸引力和感染力上下功夫，深化务实宣传，不断改革创新；要强化阵地意识，创新手段方法，努力扩大《党的生活》杂志的覆盖面和影响力。总之，要通过更多扎实而有效的工作，给读者以更大的回报和满足。具体到实践中，须从四个方面着力：

一是心要静。始终坚定正确的政治方向，坚定中国特色社会主义道路自信、理论自信、制度自信；始终坚持正确的政治立场，坚持党性和人民性的一致和统一；始终坚持正确的思想方法，用正确的方法做正确的事。面对各种非马克思主义的思潮，面对一些所谓“公知分子”的歪理邪说，一定要保持头脑的清醒和冷静，努力做到不畏浮云遮望眼，坚守党刊工作者的职业操守。

二是身要正。强化阵地意识，以正能量鼓舞人。一定要唱响中华民族伟大复兴的“中国梦”，引导人们为实现“两个一百年”的宏伟目标而努力奋斗、不懈奋斗；一定要积极培育和践行社会主义核心价值观，把更好满足人民群众精神文化需要、实现人的全面发展作为目标；一定要坚持正面宣传，把握舆论导向，讲导向不含糊，抓导向不放松，讲好河南故事，传播好河南形象。

三是腿要走。要继续开展“走基层、转作风、改文风”活动，引导编采人员深入基层、深入生活、深入群众，特别是深入实现中原崛起、河南振兴、富民强省的伟大实践，多接地气，多捉活鱼。要像省委常委、宣传部部长赵素萍所指出的那样，“‘群众在哪儿，我们就应该在哪儿’。做‘最好的宣传’，就一定要把老百姓最需要、最喜欢的‘商品’给他们。这样，老百姓才能选择我们的信息和观点，才能和我们一起对党和国家的未来充满自信”。

四是手要动。要围绕党的理论、路线、方针和政策，广泛深入宣传，使之“润物无声”；要针对群众关心的热点、难点问题主动设置议题，注重解疑释惑；要针对一些错误思潮、错误言论，敢于亮剑发声，及时予以澄清。在这方面，编辑部内部的笔杆子不仅要亲自动笔撰写相关文章，还要更大规模地建立一支讲政治、有水平、能写作的作者队伍，真正使主流意识形态始终占据党刊主阵地。

办好《党的生活》，是省委的重托，是广大党员和群众的期待。我们深知这一任务的光荣和重大，一定会更加努力！

今年春色倍还人，因为“中国梦”在河南肯定会更出彩！

今年春色倍还人，相信我们的目标也肯定会实现！

2005 年 1 月

思绪飞扬

此时，2004 年的清风正拂过乡间高高的白杨和城市高高的楼房；此时，2004 年的阳光正洒向天空白白的云彩和大地绿绿的草场。

我看到了鸟的亮翅在尽情地舞动，我看到了花的笑脸在舒心地绽放。岁月呵，又掀开了新的一页；生活呵，又揭开了新的篇章。征程呵，又开始了新的起点；理想呵，又开始了新的远航。

此时，让我们思绪飞扬，任飞扬的思绪伴随着我们翻动日历时那灵动的手指回望昨天；此时，让我们思绪飞扬，任飞扬的思绪伴随着我们漫步月下时那轻盈的步态一路畅想。思绪飞扬是诗意的日子里最美的时光。

从 2003 年刚刚走来，你是否已经细数了那洒下汗水的履痕，是否已经检点了那装满收获的行囊；是否感到有不少喜悦涌上心头，是否感到有许多经历堪称辉煌。

阻击非典时期，我们万众一心曾经共同筑起铜墙铁壁；“神五”飞天时候，我们群情振奋曾经共同流下泪水千行；黄河抗洪关头，我们焦虑万分曾经共同表达过对灾区群众的爱意；驻信（高速）通车刹那，我们欣喜若狂曾经共同谈论过对南北通衢的向往……

战斗结下的友谊，理解架起的桥梁，让我们的心贴得如此之近啊。眼前，永远是明媚的春光。

从 2004 年刚刚起步，你是否已经准备了足够的信心，是否已经打好了全部的行装；是否感到时间真是匆促有不少事情需要计划和运筹，是否感到任务真是艰巨有许多工作需要胆识和胆量。

假如你是一位企业家，和外商签订的合同没落实是不是总是寝食难安？假如你是一位农民，育到地里的树苗未成材是不是总是有点心慌？假如你是一名大学生，借到一本新书没读完是不是总是放心不下？假如你是一名教授，开了头的论文未写就是不是总是念念不忘？……

事业分量的厚重，人生价值的追索，让我们的手挽得如此之紧啊。明天，仍然有挑战的风浪。

一天又一天，愿我们每个人过得充实而富有意义；一年又一年，愿我们每个人都能为国家为社会尽一份力量。

个人，只有在群体的荣耀中才能显现出华彩；生命，只有在不断的创造中才能放射出光芒。

让我们拥抱这 2004 年的清风吧！让我们拥抱这 2004 年的阳光吧！让我们从中汲取天地的精华、日月的营养！

2004 年 1 月

渴望春雨

没想到今春的北方会这么干，没想到今春的河南会这么旱！从去冬以来连续几个月，我们很少见到雨的影子。雨躲在天空中，躲在云彩里，就是不光顾大地，也不知她在想什么。

雨，来吧！来吧！已经干枯的麦苗在呼唤你！

雨，来吧！来吧！已经龟裂的河床在呼唤你！

雨，来吧！来吧！已经下落的湖面在呼唤你！

雨，来吧！来吧！已经见底的水井在呼唤你！

可雨就是羞羞答答，任凭你用高炮作业、飞机作业，她总是欲落又停，不断地撩动着人们急切的心情。庄稼人坐不住了，挑起水桶，担来一桶桶水，浇灌奄奄一息的麦苗；各级领导坐不住了，下拨资金，组织各方面力量疏渠引水，解救嗷嗷待哺的田野。迟迟不落的雨，甚至惊动了党中央、国务院，温家宝总理亲临各地视察旱情，在河南的麦田里，他亲手拿起水管给麦子浇水的镜头，登在了各级党报的头版位置，登在了人民群众的心里。

杜甫诗中那“好雨知时节，当春乃发生”的场面哪里去了？

韩愈诗中那“天街小雨润如酥，草色遥看近却无”的意境哪里去了？

此刻正值初春啊，正是麦苗返青的时候，正是需要雨水的时候。雨啊，你再不来，今年的收成就要大打折扣；雨啊，你再不来，世界经济危机下的中国就要雪上加霜。

雨是人间的甘露、万物的乳汁，尤其是春雨。古语说“春雨贵如油”就是这个道理。春雨飘落的感觉，是非常美妙的，她洒在人的脸上，像孩子手的抚摸、唇的亲吻。她洒在泥土的骨节中，洒在花草庄稼的根须下，立刻就有一片春的风景在生长。春雨丰沛，江河就会涨起春潮，湖泊就会漾起春意，连地下水也会得到及时的补充。

经春雨沐浴过的庄稼，绝对和大水漫灌过的庄稼有着本质的不同。更何况在水资源愈来愈缺乏的今天，已不容许那种大水漫灌式的挥霍。大水漫灌，不仅是对资源的一种浪费，而且容易使泥土板结，影响土地的利用。所以，我们急需一场春雨，不仅仅是因为春雨能够滋润大地，滋润田野，让大地田野长出果实，开满鲜花，最重要的是因为春雨能够滋润人们的心灵，让灰尘消失，让疾病远去，让收获和希望扎下深深的根须。

一场渴盼已久的春雨，终于在春雷的催促下应声落地。就在前几天，整个河南、整个中原着着实实下了一场豪雨。这雨真是大啊，哗哗哗哗，持续了几个小时，竟然还引来了漫天飞舞的大雪，给人们带来了惊叹和惊喜。在郑州街头，一位漂亮的女士干脆收起雨伞，伸出双手迎接那久违的雨雪。这不是浪漫，而是一种发自内心的兴奋和喜悦。

看啊，在田野里，麦苗在拼命地吮吸；看啊，在大地上，小草在拼命地吮吸；看啊，在河岸上，柳树在拼命地吮吸。看啊，在城市，在乡村，老人在笑，孩子在笑，年轻人在笑，所有的人都在笑。今年注定又是一个丰收年，中国永远都是好年景！春雨洗礼过的中原，必将迎来千红万紫的春天。

雨，来吧！来吧！已经干枯的麦苗请快快复活！

雨，来吧！来吧！已经龟裂的河床请快快涨潮！

雨，来吧！来吧！已经下落的湖面请快快升起！

雨，来吧！来吧！已经见底的水井请快快蓄满！

2009 年 3 月

迎接夏雨

太阳离我们愈来愈近，阳光的锋芒逐渐密集起来。此刻，抬头仰望长天，呵，我们已站在了夏季的边缘。

夏天是多雨的季节。夏天的雨总是紧跟在热辣辣的阳光的背后，总是孕育在湿漉漉的辽阔的海中，它是燥热天气里的甘霖，是干渴日子里的琼浆，是人类向往的生命的源泉。

我喜欢这夏天的雨。当它到来的时候，犹如千军万马奔腾在草原，并伴着雷声的轰鸣和闪电的白刃。那平平仄仄的雨势，越过平原，越过山岗，越过丛林，越过溪涧，越过乡村和城市，越过大街和小巷，在人们心灵的原野上尽情地倾洒。哗哗哗哗的雨声，好畅快，好激越，好雄壮，好威武啊，俨然天地之间演奏的一曲恢宏的交响乐。

我喜欢这夏天的雨。当它到来的时候，我总是敞开胸襟冲进它交织的那一片密不透风的帷幕中，任无数的金珠银颗砸在头顶，砸在衣袂。于是随着雨线，我感觉我周身的污浊被冲刷净尽，我所有的血管在欢畅奔流；于是隔着雨帘我看见，那些小河涨起了潮头，那些庄稼挺起了精神，还有那些树林、花草也都在拼命畅饮，一切都叫人兴奋，一切都使人感奋。

我喜欢这夏天的雨。它虽然不像春天的雨那么温柔多情，不像秋天的雨那么缠绵悱恻，不像冬天的雨那么玉骨冰心，但它自有自己的个性，大气磅礴，大刀阔斧，有大气魄、大胸襟，既来之就大步流星、大张旗鼓，就排山倒海、势如破竹。夏天的雨，是雨中的伟丈夫和男子汉，给人的是百倍的勇气和千倍的力量。

总之，我们需要夏雨，因为我们生活的时代是一个成长的时代；总之，我们需要夏雨，因为我们种植的岁月是一个希望的岁月。呵，让夏雨来吧，来吧，来吧，让它催生出一派生机，让它浇灌出一片更加鲜亮的风光。

听，天际已渐渐有雷声在滚动；看，身边已隐隐有飓风在酝酿，夏雨的第一个韵脚将押在六月的日子里，让我们张开双臂去迎接它！

雨呵，洒吧！

1997 年 7 月

热爱绿色

我喜欢夏天，因为夏天是葱翠的，高山披挂着绿装，大地敞开着绿毯；我喜欢南方，因为南方是透明的，天空飘扬着绿风，江河鼓荡着绿澜。

我向往森林，因为森林是繁茂的，树木奉献着绿叶，藤萝延伸着绿枝；我向往草原，因为草原是青碧的，阳光追赶着绿浪，月色抒写着绿颜。

总之，我热爱绿色，热爱绿色的地球，热爱绿色的世界，热爱绿色的家园。

当我第一次认识夏天，我被它的绿陶醉了，我舞蹈着四肢，好像倾注了生命的源泉；当我第一次贴近南方，我被它的绿感染了，我放飞着心灵，好像拥抱了又一方蓝天。

当我第一次走进森林，我被它的绿震惊了，我大张着眼睛，好像看到了稀世宝藏；当我第一次踏入草原，我被它的绿眩晕了，我扩开着胸襟，好像拥抱了又一方蓝天。

总之，我热爱绿色，热爱绿色的环境，热爱绿色的生活，热爱绿色的人间。

是的，我们太需要绿了。绿，让人年轻，使人振作，促人奋发。

是的，我们太需要绿了。绿，充满生机，诱发活力，孕育希望。

是的，我们太需要绿了。绿，蕴藏幸福，象征和平，寄托安宁。

山塬绿了，动物就会栖息；土地绿了，庄稼就会丰收。沙漠绿了，就会捧出黄金；海岸绿了，就会挡住飓风。乡村绿了，到处莺歌燕舞；城市绿了，便有潺潺流水。

让我们都来爱护、珍惜每一份绿色吧，让我们都来做一名绿的使者。

春天来了，请你千万记住扛上铁锹、拎上水桶去栽种一株幼苗；秋天到了，请你千万不要揣着斧子、背着钢锯去砍伐一株大树。如此，绿色才会在我们的视野里长存；如此，我们才会在绿色的背景下永驻。

1997 年 6 月

秋收在望

处暑已过，秋风渐凉，秋色渐浓，秋天的景致一幕幕向我们推来——

长天寥廓，大地宁静。

北燕南飞，草黄叶红。

在这看似平静的时序更迭之中，正孕育着一场热烈的秋收。黄河两岸广阔的原野上，玉米的红缨摆弄着优美的舞姿，饱满的穗子企盼着农人的采撷；淮河流域纵横的河汊间，大片大片成熟的水稻涌动着细碎的波浪，金质的色彩呼唤着镰刀的收割。豫东平原农林间作的风景中，大豆、芝麻微启双唇，花生、红薯拱出地表；而在伏牛山深处一处平缓的坡地上，绽开着笑脸的苹果与同样绽开着笑脸的柿子相映生辉，分外迷人。

这是2007年的秋天。这个秋天注定要像去年、前年以至更前年的秋天一样，将带给我们很多的收获。让我们准备好篮子和担子吧，去装满饱盈盈的秋，去挑回金灿灿的秋。

这是2007年的秋天。这个秋天注定要不同于去年、前年以至更前年的秋天，将带给我们更多的惊喜。让我们准备好想象和期待吧，去迎接饱盈盈的秋，去拥抱金灿灿的秋。

秋天总是令人兴奋和欣喜的。自然界的秋天与我们政治生活中的秋天一同走来，会让我们在盘点收成的同时，对未来寄予更多的希望和憧憬。

我们说2007年的秋天注定要像去年、前年以至更前年的秋天一样，将带给我们很多的收获；注定要不同于去年、前年以至更前年的秋天，将带给我们更多的惊喜，是因为今年的秋天，我们党要召开第十七次全国代表大会。

党的十七大选在果实累累的秋天召开，正是与自然界的秋相呼应啊！

風從遠方吹過漫過村莊和大地
玉米一年一年倒下融入大地玉米又一年一年
起來它們是四季的行走是對大地的
堅守一如那裡站立的人
乙亥歲末落雪
客於鄭州紙上
移玉米半畝地
馮傑記

党的十七大将总结五年来的成就。这是道不尽的五年，是说不完的五年。党的十六大以来，党中央继承和发展党的三代中央领导集体关于发展的重要思想，提出了科学发展观，取得了改革开放和社会主义现代化建设的一系列重大胜利。五年中，我们的人民生活进一步改善，综合国力进一步增强，国际地位进一步提高；五年中，我们建设社会主义新农村迈开了坚实的步伐，构建社会主义和谐社会取得了良好的开局，党的先进性建设得到了巩固和加强……五年，五个金秋，五座丰碑！

党的十七大将开辟更广阔的未来。这次会议，将选举产生新一届中央委员会，更好地规划党和国家的前进方向，科学制定适应时代要求和人民愿望的行动纲领和大政方针，继续推进中国特色社会主义伟大事业。我们坚信，更加丰硕的秋天在召唤着我们。

经过改革开放 29 年来的探索和实践，我们党已经找到了保持党和国家事业顺利发展的有力武器。这就是胡锦涛总书记 6 月 25 日在中央党校的重要讲话中所指出的：解放思想，是党的思想路线的本质要求，是我们应对前进道路上各种新情况新问题、不断开创事业新局面的一大法宝，必须坚定不移地加以坚持。改革开放，是解放和发展生产力、不断创新充满活力的体制机制的必然要求，是发展中国特色社会主义的强大动力，必须坚定不移地加以推进。科学发展，社会和谐，是发展中国特色社会主义的基本要求，是实现经济社会又好又快发展的内在需要，必须坚定不移地加以落实。全面建设小康社会，是我们党和国家到2020年的奋斗目标，是全国各族人民根本利益所在，必须坚定不移地为之奋斗。

做到这四个坚定不移，我们岁岁就会国泰民安！

做到这四个坚定不移，我们年年就会迎来金秋！

此刻，在2007年的秋收就要开始的时候，在党的十七大就要召开的时候，9800万中原儿女正翘首以待，信心满怀！

2007年10月

为今年的秋天干杯

让我们为今年的秋天干杯，因为今年的秋天是热烈的，是火红的！

让我们为今年的秋天干杯，因为今年的秋天是饱满的，是丰收的！

刚刚过去的十月，我们的政治生活中迎来了两件意义重大的盛事、喜事：一是党的十六届六中全会的胜利闭幕，一是省八次党代会的圆满召开。全省9700万人民欢欣鼓舞，为这个美丽的秋天而沉醉，为这个金色的秋天而感奋。

党的十六届六中全会，是在我国改革发展关键时期召开的一次十分重要的会议。全会全面分析了当前的形势和任务，从中国特色社会主义事业总体布局和全面建设小康社会全局出发，作出了《关于构建社会主义和谐社会若干重大问题的决定》。《决定》全面、深刻地阐明了社会主义和谐社会的性质和定位，强调我们构建的和谐社会，是在中国特色社会主义道路上，中国共产党领导全体人民共同建设、共同享有的和谐社会；指明了构建社会主义和谐社会的指导思想、目标任务、工作原则和重大部署。这是对构建社会主义和谐社会具有重大指导意义的纲领性文件，反映了建设富强民主文明和谐的社会主义现代化国家的内在要求，体现了全党全国各族人民的共同愿望。《决定》继承、丰富和发展了科学社会主义理论，开辟了中国特色社会主义事业的新境界。

省八次党代会是我省在全面建设小康社会、加快实现中原崛起进程中召开的一次重要会议，也是我省在改革开放和社会主义现代化建设事业取得巨大成就的形势下召开的一次重要会议。大会以邓小平理论和“三个代表”重要思想为指导，全面贯彻落实科学发展观，努力构建社会主义和谐社会，认真总结了省七次党代会以来我省改革开放和社会主义现代化建设的成就与经验，确定了今后发展的战略部署，选举产生了中共河南省第八届委员会和省纪律检查委员会，起到了动员各级党组织和共产党员自觉保持和发展先进性，团结带领全省人民为加快中原崛起而努力奋斗的目的。

党的十六届六中全会和省八次党代会，为河南的长远发展特别是今后五年的发展指明了方向。我们要认真学习、深刻领会、全面贯彻党的十六届六中全会和省八次党代会精神，抓住机遇，应对挑战，振奋精神，从头再越，努力开创全省改革、发展、稳定的新局面。要按照省八次党代会确定的总体要求和奋斗目标，全面贯彻落实科学发展观，为全面建设小康社会、构建社会主义和谐社会真抓实干，开拓进取，努力完成各项任务，奋力实现中原崛起。

我们应当看到，今后五年是实现中原崛起的关键时期。河南要加快实现经济大省向经济强省跨越，加快实现文化资源大省向文化强省跨越，加快推进和谐中原建设，全面推进党的建设新的伟大工程，新一届省委责任重大，使命光荣。尽管前进的道路上还面临很多困难和问题，但是，有邓小平理论和“三个代表”

重要思想的指引，有以胡锦涛同志为总书记的党中央的正确领导，有科学发展观的统领，有全省各级党组织、全体党员和广大干部群众的共同努力，我们一定能够实现跨越式发展，实现更大规模、更高水平发展，一定能够在促进中部地区崛起中发挥更大作用，走在中部地区前列。

完成今后五年的目标任务，关键在于加强和改善党的领导。要坚持以党的先进性建设为主线，以党的执政能力建设为重点，充分运用先进性教育活动成果，毫不放松地全面加强党的建设。要高举邓小平理论和“三个代表”重要思想伟大旗帜，用发展着的马克思主义武装党员干部，指导中原崛起的伟大实践；加强领导班子执政能力建设，不断提高领导中原崛起的水平；建设高素质干部队伍，培养造就推进中原崛起的骨干力量；认真做好基层党建工作，努力把基层党组织建设成为推进中原崛起的战斗堡垒；深入持久地开展反腐败斗争，以良好的党风政风推动中原崛起。

新一届省委肩负着中央的重托和人民的期盼，踏上了加快中原崛起的新征程。全省各级党组织和广大共产党员要紧密团结在以胡锦涛同志为总书记的党中央周围，沿着党指引的方向阔步前进，把各级党组织建设好，把 9700 万河南人民带领好，把中原崛起的宏伟事业完成好，万众一心，奋发图强，共同创造更加幸福的生活，努力开辟更加美好的未来。

更加灿烂的秋天在召唤着我们！

让我们阔步前行！

2006 年 11 月

一年一度秋色红

时令已是深秋，霜叶红于二月花，秋天的景致带给了我们全新的感觉。

这是浪漫的季节。撩人的秋风里，天空澄明，阳光灿烂，大地生辉，河流正平稳地越过平原归于大海，道路正蜿蜒地穿过山谷通向辽远，菊花正烂漫地绽开芳菲温暖人间。

这是怀想的季节。飘舞的落叶打在肩头，让人展开了纷飞的思绪；金黄的衰草扑入眼帘，令人感受到成熟的意义；嘹亮的雁鸣擦过耳畔，让人体察到生命的跃动。

这是收获的季节。乡间的沃野上，高粱仰起了红通通的笑脸，玉米捧出了沉甸甸的果实，谷穗弯下了乐盈盈的腰枝，还有那些花生、红薯、大豆，还有那些石榴、红枣、葡萄，都迎来了辉煌的时刻。

“一年一度秋风劲，不似春光，胜似春光。”伟人毛泽东诗中明亮的秋意，让我们在此时得到了最好的印证。

“自古逢秋悲寂寥，我言秋日胜春朝。晴空一鹤排云上，便引诗情到碧霄。”诗人刘禹锡笔下独特的秋感，让我们对秋天情有独钟。

秋天，脱去了春天的妩媚，摒弃了夏天的繁华，却不似冬天的冰冷，清清爽爽，落落大方，红红火火，透明透亮。

秋天，清除了所有的障碍，让人放飞思想的马蹄，在辽阔的时空里自由驰骋。

秋风和秋日，把大地上的事物一一呈现，让我们感知到了秋天的饱满与生动，让我们感知到了秋天的色彩的鲜艳。

一年一度秋色红。置身秋天，我禁不住写下了如此的感言。

一年一度秋色红。是的，今年的秋色红得似乎更加浓重、更加热烈。

一年一度秋色红。确实，今年更加浓重、更加热烈的秋色不仅仅表现在自然界，也表现在经济、政治和社会生活的各个领域。

这是一个全线飘红的秋天。在国家统计局的年度统计坐标系上，一路飘红着经济全面、协调、可持续的发展速度；在不久前闭幕的雅典奥运会上，一路飘红着中国运动员 32 块金牌的新突破；在刚刚结束的党的十六届四中全会上，一路飘红着党的执政能力建设的新思维和大举措。

秋天是诱人的。秋天里，我们总会拥有一份好心情。

秋天永远属于中国，红色永远属于中国。中华人民共和国成立 55 年来，我们迎来了多少个洇红的秋天，又收获了多少个丰硕的秋天啊！而未来，展现在我们面前的必将是更多更美的金秋！

采摘秋天，我们时刻在准备着。

而秋天过后，我们必须为来年播下希望的种子。

2004 年 11 月

马年寄语

马年到了。春节、春意、春汛、春潮，与春天有关的好消息一个接着一个来了。

在新年新诗会的舞台上，诗人们与诗结伴、与诗同行，让这个春天有了格外的温暖和温馨；在挂满中国结和新春联的街巷里，鲜艳的红、芬芳的红，成了这个时候最抢眼的流行色。

此时此刻，马年与马，自然引起人们无尽的联想，寄托着人们无限的憧憬。想象万马奔腾的景象，想象春风得意马蹄疾的景致，想象浅草才能没马蹄的景色，一幅幅美妙的图画就会呈现在眼前。

万家团圆时，人们在相互问候；瞩望前程时，人们在相互祝愿。养龙马精神，冀马到成功，是吉祥的祝福语，也是真诚的心里话。

养龙马精神，就是要像龙马一样，有健旺非凡的精气神。龙马，这种古代传说中形状像龙的骏马，是中华民族自强不息的精神象征，也是每个中华儿女的化身。在新的时代，龙马精神既需要涵养，更需要保持。具备了这种精神，我们就能无所畏惧，一往无前。

冀马到成功，就是希望战马一到，立即成功，成功不仅容易而且迅速，一开始就能取得胜利。新年新开局，顺风顺水，前途光明，心想事成，这是多么美好的愿望。相信每一个人都在心中规划了理想的蓝图，并热切地期望着工作马到成功，事业马到成功。

但没有龙马精神，何来马到成功？二者之间显然是相辅相成的。如果整天萎靡不振，沉陷于声色犬马，沉迷于香车宝马，企图马到成功，只能是盲人骑瞎马，是永远也找不着北的。

养龙马精神，就需要那种一马当先、马不停蹄的气势，就需要那种横刀立马、扬鞭跃马的气魄。只有开足马力，竭尽全力，更多地立下汗马功劳，才能为马到成功打下坚实的基础。如果只会打马虎眼、放马后炮，肯定会露出马脚，最后落得个人仰马翻的结局。

养龙马精神，切忌心猿意马，切忌天马行空，切忌马放南山，切忌马马虎虎，而是要有定力，有执着的劲头，能够去得了浮躁、戒得了麻痹，否则只会气血丧失、半途而废。我们期望中的马到成功，决不能马失前蹄！

“经年尘土满征衣，特特寻芳上翠微。好水好山看不足，马蹄催趁月明归。”九百年前的岳飞在其《池州翠微亭》一诗中，表达了自己在好山好水间仍不忘马蹄声催、为国建功的信念，多么令人敬仰。从现在开始，保持这种“经年尘土满征衣”的状态，保持这份“马蹄催趁月明归”的清醒，应当是马年带给我们的最大启迪。

听，岳飞诗中那“特特”的马蹄声穿越历史的烟尘正愈来愈急切……

让我们骑上新时代的骏马，向着未来一路奔去，向着成功一路奔去！

2014 年 2 月

又到年终岁尾时

忙忙碌碌的人，总觉得时间过得飞快，似乎昨天还是年初，今天却已经是岁尾了。这不，翻开2015年12月的日历，这一年又将飞速驶去，这一年又将成为历史。你如果是一个有心人，此时肯定会有一种复杂的情愫，是不是既喜悦又惆怅、既轻松又急迫呢？

又到年终岁尾时，该是盘点收成的时候。像一位种田的农民，要盘点全年收成了多少小麦、多少玉米、多少芝麻、多少大豆。我们每一个人，不论在何种岗位，都要对自己来一个盘点，看看又取得了哪些成绩，又取得了哪些进步。不论是丰收、薄收，还是歉收，都要做到心里清楚，不能是一本糊涂账，迷迷瞪瞪过日子。丰收了自然高兴，同时要明白原因在哪里；歉收了也不能沮丧，要反思症结在何处。总之要通过盘点，知道家底、斤两，知道位次、差距，在心里为自己打一个分数，好存入人生的档案。

又到年终岁尾时，该是查漏补缺的时候。打开笔记本，查查年初制定的计划，哪些还没有完成；脑子里过过电，想想哪些事情做得还不理想，还有需要完善的地方。一查一想，可能就查出来很多问题，滤出来很多不足。趁着还有月把光阴，要抓紧把没做完的事情做完，把没做好的事情做好，以免留下遗憾。就像是写一篇文章，既然开了头，就要有结尾，就要反复斟酌修改，不然是没法发表的，发表出去了也会惹出笑谈。那种得过且过、过一天是两晌、过到哪儿算哪儿的态度，属于不负责任的表现，对自己对工作都是没有任何益处的。

又到年终岁尾时，该是最后冲刺的时候。可以想象，马拉松运动员在最后冲刺的那一刻，是最考验耐力、毅力和实力的时刻，也是最让人期待的时刻。能不能最终冲过终点线，能不能取得好的名次，是不是一名优秀的运动员，就看最后的几分钟，甚至是几秒钟。如果说一年当中从年初到年尾也是一场马拉松运动，我们每个人何尝不是一名马拉松运动员呢？所以，越是在最后冲刺的关头，越是要坚持、坚持、再坚持，奔跑、奔跑、再奔跑，不能以尽力了自我安慰，不能以差不多自我满足，否则就会前功尽弃、功亏一篑。

又到年终岁尾时，该是谋划来年的时候。一个清醒的人，总是经历着今天，回味着昨天，思考着明天。辞旧迎新之际，盘点收成、查漏补缺、最后冲刺，都非常关键，但与此同时，还要抬头眺望新的一年，还要迈步朝向新的远方。不能因为上一年取得了一点点成绩，就躺在功劳簿上睡大觉，更不能因为上一年成绩平平，就自甘落后、自暴自弃。往者不可谏，来者犹可追。在 2016 年即将到来的时候，我们要及早有所期许、有所筹划、有所准备，以免盲人骑瞎马，迷失方向、无所适从。

其实，小到具体的个人，大到一个单位、一个地区，都要在年终岁尾时做盘点收成、查漏补缺、最后冲刺、谋划来年的工作。这不仅仅是一种惯例，而是必须要做的功课。不下这样的硬功夫，不出这样的死气力，就很难踏出扎实的脚印来。我们追求的事业，需要永远站在更高的位置，需要不断树立远大的目标，需要持续付出艰辛的劳动。

又到年终岁尾时，正宜挥笔写好诗。

我相信，我们都已经准备好了！

2015 年 12 月

春色正铺满中原大地

春雷响了，春水涨了，无边的春意渐浓了；

春风暖了，春鸟唱了，满园的春情激荡了。

此刻，春色正铺满中原大地。从西部山区到东部平原，从淮河沿岸到黄河沿岸，泥土在一层层醒来，草芽在一寸寸冒出，麦苗在一丛丛返青，桃花、梨花、樱花、玉兰花等各色花朵竞相绽放，一派欢快的热闹景象。外出的人们虽然还戴着口罩，但那眼神里分明露出了喜悦和憧憬。

这是久违了的场景。在乡间，农民们挥舞农具、弓着腰身，正在田野深处侍弄庄稼；在工厂，工人们加班加点、挥汗如雨，正在流水线上赶制产品。

这是渴盼中的繁荣。在城市，大小门店陆陆续续开门迎宾，大街小巷白天黑夜车水马龙；在社区，每一座楼宇都似乎焕然一新，每一个家庭都好像得到重生。

这是希望里的画面。在“一带一路”的陆上丝绸之路上，那隆隆奔驰的中欧班列正相向对开，运输着各种各样的货物；在连接东西南北的高速公路上，那连绵不断的车流正滚滚向前，奔向各自的前程……

这个春天不同寻常，一场突如其来的疫情，打乱了生活的秩序、生产的节奏。在一个多月的时间内，城市几近封锁、乡村几近封闭、家家几近封户，往日人声鼎沸的喧嚣突然被寂静替代，就连本该欢乐喜庆的春节也被无情搁置，一下子让很多人失了方寸、无法适应。疫情蔓延的焦虑，久居在家的焦灼，渴望日常的焦躁，成为人人心中难以言说的病痛。

而现在，云开雾散，山河无恙，春回大地，人们怎能不欢欣鼓舞，怎能不引吭高歌！随着抗击疫情的斗争取得阶段性胜利，随着复工复产的节奏紧锣密鼓跟进，随着人间烟火气息重返生活的舞台，地处内陆的中原必将再次展现全新的面貌，追求出彩的河南必将继续呈现绚丽的浓彩。

面对铺满中原大地的春色，我们应当倍加珍惜。在疫情最肆虐的时候，习近平总书记亲自部署、亲自指挥、运筹帷幄、决胜千里，省委、省政府调兵遣将、果断决策、科学应对，各级党组织和广大党员、干部冲锋在前、顽强拼搏，万千医务工作者、人民解放军指战员、公安干警、社区工作人员以及志愿者等闻令而动、无私奉献，广大人民群众众志成城、守望相助。正是全党上下、全国上下、全省上下的勠力奋战，这场气势恢宏的人民战争、总体战、阻击战迎来胜利曙光。目前，疫情防控仍在吃紧阶段，“外防输入”又增添了新的复杂情况，我们万万不可掉以轻心，决不能让来之不易的大好局面轻易丧失。

面对铺满中原大地的春色，我们应当认真思考。如果说抗击疫情是一场大考，那么在这场考试中，包括我们河南，整个中国都取得了非常好的成绩。中国共产党作为核心领导力量的政治优势，社会主义集中力量办大事的制度优势，各族各界群众同呼吸共命运的团结优势，再一次得到了淋漓尽致的彰显。实战是最好的教材，事实是最有说服力的证明，每一个人都深切体会到了共产党好、社会主义好的真谛。从这个意义上去认识、去体会，我们的思考无疑会无限加深。当然，这场疫情也暴露出我国在重大疫情防控体制机制、公共卫生应急管理体系等方面存在的明显短板，要总结经验、吸取教训，关键要解决问题，使应急管理的能力和水平得到进一步提升。

面对铺满中原大地的春色，我们应当更加努力。受疫情影响，我省今年第一季度特别是前两个月的经济运行情况确实不甚理想，数字也不够好看。但也要看到，同全国一样，我省经济韧性度高、回旋余地大，长期向好的基本面没有改变，而且随着疫情消退，“报复性”的恢复增长势头会很快显现。近期医疗物资、交通物流、线上交易等领域的良好发展态势，已经充分地说明了一切。只要各级党员领导干部坚定信念、增强信心，顺势而为、大有作为，与群众想在一起、站在一起、干在一起，就一定能把疫情造成的损失夺回来。常言说，“逆水行舟用力撑，一篙松劲退千寻”，我们必须保持前进的姿态、奋斗的状态。

“中华民族历史上经历过很多磨难，但从来没有被压垮过，而是愈挫愈勇，不断在磨难中成长、从磨难中奋起。”今天，当春色铺满中原大地的时候，再次回味习近平总书记的这一精辟论断，我们更加体会到了其中的丰富内涵和沉甸甸的分量。

春天既然来了，就让我们紧紧地拥抱她！

2020年3月

第二辑　正言正声

常下乡看看

你听过那首《常回家看看》的歌吗？你理解歌中所表达的普天之下的子女对于父母的热爱和眷恋之情吗？它唱得何等的好啊！每次听起来念起来都令人不由得潸然泪下。

这支歌，我猜想我们的很多党员干部都会唱。但我希望我们的党员干部在唱这支歌的时候，能够想得更多，在常回家看看的时候，也常下乡看看，岂不更好？

常下乡看看，是共产党人的本质体现，是落实“三个代表”重要思想的重要途径。常下乡看看，也是密切党群、干群关系的有效方法，是忠实履行为人民服务的具体实践。

显而易见，这里所说的常下乡看看，和常进城看看是背道而驰的，是要到最基层的地方去，是要到最艰苦的地方去。也显而易见，这里所说的常下乡看看，和城里人休闲时的常下乡看看同样是背道而驰的，不是去看风景，不是去图享受，而是要进百家门，解千家忧，为老百姓办好事，办实事。

就我国的国情而言，老百姓的最大群体是农民，因为农民占到了人口总量的70%—80%。我国目前尚存在的数千万贫困人口中，绝大多数也是生活在偏远地区的农民。所以，不解决农民的实际问题，就谈不上实现全体人民的共同富裕，就谈不上社会的稳定和经济的发展。

我们常说老百姓是衣食父母，既然是父母，就要拿出孝心来，就要捧出爱心来，就要献出真心来，就要扑下身子和老百姓融为一体，与老百姓打成一片。

常下乡看看，要的是经常，不是随心所欲，不是时断时续；常下乡看看，要的是真看，不是走马观花，不是蜻蜓点水；常下乡看看，要的是投入，不是仰面朝天，不是颐指气使。

常下乡看看，其要义就在于关注广大的农民，其宗旨就在于朝向广阔的农村。那么，就目前来说，常下乡看看，我们该注意看什么呢?

看看农民的收入情况。近几年，随着农产品普遍出现卖难，农民的收入持续下滑，在有的地方甚至出现负增长。农民收入上不去，缺乏购买力，就会对生活失去信心，就会对我们党的政策产生怀疑，也不利于整个经济的发展。所以要想办法为农民排忧解难，引导农民对农业结构进行调整，帮助农民寻找新的致富门路。

看看农民的负担情况。我们党对减轻农民负担问题一直非常重视，采取了许多切实有力的措施，受到了农民的欢迎。但不可否认的是，在一些地方，农民负担不仅没有减轻，反而加重了。要查清这些地方农民负担加重的原因，要清理那些不合理的收费项目，要对有关责任人进行严肃处理，还农民一个宽松的生产和生活环境。

看看农民的思想情况。现在个别地方的农村基层组织缺乏凝聚力、号召力和战斗力，使得封建主义的东西抬头，造成农民思想混乱、迷失方向。一些农民不是想方设法勤劳致富，而是修庙造像，求神拜佛，甚至被“法轮功”束缚了手脚，后果不堪设想。要尽快对症下药，用社会主义思想占领农村阵地，教育农民崇尚健康向上的文化生活。

看看农村的治安情况。应该承认，大多数农村的治安状况是好的。那些治安状况不好的地方，大多是有乡霸、村霸等黑恶势力存在。这些乡霸、村霸沆瀣一气，无恶不作，有的还有深刻的背景，让群众望而生畏，是农村不稳定的重要因素。对此，一定要硬起手腕彻底打掉，不能姑息养奸，遗留后患。

当然，常下乡看看，还要看看农村的学校怎么样，看看农民的住房怎么样，看看有没有邻里不和、家庭纠纷，看看有没有孤寡老人、失学儿童，等等。看了，心里才有数；看了，才知道用什么办法去解决；看了，才能更好地把握农村工作的大局。

焦裕禄以他对人民的满腔热情，在兰考大地上写下了不朽的史诗；孔繁森以他对群众的无私奉献，在雪域高原矗立起壮丽的丰碑。像焦裕禄、孔繁森这样优秀的党的儿女，灿若繁星，数不胜数，是广大党员干部学习的榜样和楷模。

我们的广大党员干部当中，应当涌现更多焦裕禄、孔繁森式的典型。以他们为标杆，我们就会时刻扎根基层；以他们为旗帜，我们就会永远赢得民心。

是的，我们应该唱《常回家看看》，但是我们更应该唱“常下乡看看”。

常下乡看看吧，让身心融进人民之中，我们就会获得持久不竭的动力！

2001 年 11 月

脚步始终朝向群众的家门

开展群众路线教育实践活动的根本就是要解决部分党员领导干部群众观点淡漠、群众路线糊涂的问题。通俗地说，就是要解决脚步的走向问题。是朝向群众的家门，还是背对群众的家门，体现着对群众的感情和态度。

无疑，焦裕禄为我们树立了标杆。

大雪封门，焦裕禄到贫困群众家走访，一句“我是你的儿子，是毛主席派我来看你”的话语，至今仍温暖着老百姓的心窝。风雪交加的夜晚，焦裕禄率领在家的县委委员到火车站看望灾民的情景，至今仍拨动着人们的心弦。在焦裕禄的心里，始终装着全体人民，唯独没有他自己。

焦裕禄是中原大地上诞生的先进典型，是领导干部的光辉楷模。自20世纪60年代以来，历经近半个世纪，他任职兰考县委书记时的形象和风采，依旧鲜活而生动，在人们的心中留下了永不磨灭的记忆。《县委书记的榜样——焦裕禄》记录了焦裕禄生前一桩桩一件件感人的事迹，他探流沙、查风口、治盐碱，把毕生心血都献给了兰考大地。他生前留下的一句句名言，像“革命者要在困难面前逞英豪”“吃别人嚼过的馍没味道”“坐在破椅子上不能革命吗”“当群众最困难的时候，共产党员要出现在群众面前”“活着我没有治好沙丘，死了也要看着你们把沙丘治好”等等，成为许多党员干部的座右铭。

我们党作为执政60多年的大党，已经走过了92年的辉煌历程。今天，不论时代如何变迁，不论环境如何变化，党的许多本质的要求始终没有变，也永远不会变。正如省委书记郭庚茂指出的：人们的思想观念会变，但共产党人的理想信念没有变；党的历史任务在不同时期会变，但党的性质和宗旨没有变；党的方针政策在不同历史时期会变，但党的思想路线的本质没有变；党的领导方式、工作方法会变，但党的群众观点、群众路线没有变；人们的价值理念会变，但我们党倡导的集体主义的价值导向、无私奉献的价值追求没有变；经济发展水平、物质生活条件会变，但我们党艰苦奋斗、迎难而上的政治品格没有变。这“六个变与没有变”，是我们在新的历史条件下理解焦裕禄精神的重要指针。我们要用焦裕禄精神对照自己，真正以焦裕禄为镜，看自己是不是树立了群众观点、坚持了群众路线，从而看自己的脚步是不是朝着群众的方向。

群众路线是党的生命线，这是从毛泽东、邓小平、江泽民、胡锦涛到习近平等历代党的领导都不断强调的重要论断，也是经过无数革命和建设实践检验的真理。但为什么代代讲、年年讲的问题，现在仍要讲呢？说明脱离群众的现象依然存在。中央旗帜鲜明强调反对形式主义、官僚主义、享乐主义、奢靡之风，就说明这“四风”问题是与群众路线格格不入的，而且仍然存在，这已经背离了党的“全心全意为人民服务”的宗旨。所以，从这个意义上说，开展群众路线教育实践活动，就是要让“群众”二字真正植根于党员干部内心。我们的广大党员干部，要自觉地将自己融入到人民群众之中，使自己的脚步不是总是朝向办公室的门、小汽车的门、宾馆饭店的门、KTV 的门、桑拿浴的门，而是始终朝向老百姓贫寒的家门、人民群众心灵的大门。

“弘扬焦裕禄精神，做为民务实清廉表率”，是我省开展群众路线教育实践活动的主题。作为党员领导干部，我们要按照郭庚茂同志的要求，自觉做到“六问六带头”。问一问，是否像焦裕禄那样，把群众当亲人，想群众之所想，急群众之所急，增进群众感情，当好人民公仆？问一问，是否像焦裕禄那样，扑下身子、沉下心来，深入基层、深入群众，摸清实际情况，找出解决问题的有效办法？问一问，是否像焦裕禄那样，敢于知难而进、迎难而上，积极进取、开拓创新，勇于担当、善于担当，不图名不图利？问一问，是否像焦裕禄那样，始终坚持一切从实际出发，实事求是，遵循规律，勤奋工作？问一问，是否像焦裕禄那样，坚持厉行节约、艰苦朴素，勤俭办一切事情？问一问，是否像焦裕禄那样，带头遵守各项廉政规定，严格要求家人和身边工作人员？同时要带头加强学习，带头服务群众，带头改进作风，带头整改落实，带头勤政廉政，带头推动发展。

我们相信，广大党员领导干部用这“六问六带头”对照自己，坚持“照镜子、正衣冠、洗洗澡、治治病”，对群众的认识就会进一步提高，对群众的感情就会进一步增强，对群众的态度就会进一步转变。在推进中原崛起、河南振兴、富民强省，实现民族复兴“中国梦”的伟大进程中，把焦裕禄精神继承下来，发扬下去，做焦裕禄式干部，创焦裕禄式业绩，我们就一定能在人民群众中树立起良好的形象，真正成为人民群众的贴心人。

脚步朝向群众的家门，应当成为我们始终不渝的追求！

2013 年 9 月

重提“认真”二字

在党和政府的领导下，中国人民已经取得了抗击非典斗争的阶段性胜利。当硝烟散去的时候，再来回顾这场斗争的历程，恐怕每个人都会觉得，需要总结的东西实在太多了。是的，中国共产党的坚强有力，医务工作者的无私奉献，科技工作者的迎难而上，各行各业各条战线的团结协作、和衷共济，等等等等，都是取得胜利的重要法宝。而这个法宝的本质内核，就是切切实实地贯彻了“认真”二字。

毛泽东同志早就说过：“世界上怕就怕‘认真’二字。”抗击非典的整个过程充分印证了老人家论断的正确。在非典肆虐的初期，正是由于一些官员不认真，欺上瞒下，不报实情，以致贻误了切断病源的最佳时机，造成了非常可怕的局面。而此后能在短短一个多月时间内使非典疫情得到有效控制，也正是由于从中央到地方一级抓一级、层层负责任，将“认真”二字落到实处的必然结果。包括处理一批不称职官员、发布一系列行政法规、采取一连串紧急措施等，都是“认真”二字的最好说明。

血的事实给了我们警醒：在“认真”二字面前，谁也马虎不得。不论干什么事情，认真不认真结果大不一样。认真了，事业就会一步一步向前推进；不认真，事业就会遭遇麻烦，经受挫折。

“共产党就最讲‘认真’。”这句话又是毛泽东同志对“认真”二字下的断语，它其实也是对共产党奋斗经验的精辟概括。中国共产党之所以历经 80 余年而愈加壮健，之所以屡遭挫折而愈加坚强，之所以始终得到人民群众的拥护和爱戴，就是因为党在任何情况下，都能认真地贯彻自己的宗旨，认真地监督自己的队伍，认真地同人民群众心连心、为人民群众谋福利。可以说，“认真”二字，是党的传家之宝，是党的稳固之基。

眼下，党和国家的各项工作在非典之后又回到了正常的轨道上，党的十六大绘就的全面建设小康社会的宏伟蓝图又如期展开了如诗如歌的画卷。多么来之不易的成就啊！我们每个人都应当倍加珍惜，党的十六大提出，要“聚精会神搞建设，一心一意谋发展”。所谓“聚精会神”，所谓“一心一意”，归结起来就是要认认真真、扎扎实实。心猿意马、形式主义、好大喜功、急功近利，这些不认真的作风，只能使建设和发展落空，应当彻底摒弃。

继承“认真”的传家宝，把我们的各项事业继续推向前进，应当成为每一个党员领导干部在今后工作中的自觉行动。一定要认真，认真，再认真；扎实，扎实，再扎实。只要认真了，什么人间奇迹都能够创造出来。我们能够打赢抗击非典这场攻坚战，我们同样也能够打赢其他战线上的所有战役。

认认真真地对待“认真”这个重大问题，我们明天的道路上就会少走弯路，一帆风顺！

2003 年 8 月

说“干”

日前，在省委宣传部机关开展的“使命无价、目标至尊”主题教育动员大会上，省委常委、宣传部部长赵素萍特别提出，要鼓励实干，并且对如何干做了非常深入的论述。她说，要干，要认真地干，要用心地干，要超越他人去干，要善于同别人一起干，要能够耐得寂寞静悄悄地干。这六个“干”，可以说是六种境界，但含义又层层递进，是对卢展工书记强调“务实发展”和“关键在做”理念的新阐发，对指导干部切实干好工作有着重要的启示意义。

这次省委宣传部机关开展“使命无价、目标至尊”主题教育活动，其任务就是教育和引导每位干部站位全局、牢记使命、开拓创新、务实求效、爱岗敬业、忠诚履职，具体说，就是如何想事、干事、谋事、成事。总之归结点落在“干”上，就是要干，要干事。确实，“空谈误国，实干兴邦”。不干，或干不好，任何决策、规划、蓝图都会落空。

但干也是有高下之分的。是踏踏实实地干，还是敷衍了事地干；是创造性地干，还是一般性地干；是真心真意地干，还是怀有某种私利地干……反映出的品行、品德、品质大不一样。我们要像赵素萍部长所说，要干，要认真地干，要用心地干，要超越他人去干，要善于同别人一起干，要能够耐得寂寞静悄悄地干。

第一，要干。干部干部，不干，怎么能称得上干部？对于我们河南这个人口大省、农业大省来说，要大力推进中原经济区建设，要持续探索“两不三新”和“三化”协调科学发展的路子，要贯彻稳中求进的总基调，要以领导方式转变加快发展方式转变，要坚持务实发展、务实宣传，都需要广大干部干在前头，从每一件具体的事情做起。干，其实是一份责任，是一种素质，是一种作风。躺倒不干显然是不行的，大事当前有意躲避更是一种失职。

第二，要认真地干。现实常常表明，不同的人干同一件事情，认真不认真，结果迥异。同样是在干，有的人认认真真、一丝不苟，有的人却是差强应付、马虎了草，他们的区别往往不仅仅在于能力问题，更重要的是一种对工作的态度。毛泽东同志讲：“世界上怕就怕‘认真’二字。”中国共产党90余年的发展历程，一再证明了贯彻“认真”二字的重要性。认真了，我们的事业就能往前推进，一帆风顺；不认真，就可能带来危害，影响全局。

第三，要用心地干。认真不认真的问题，说到底是用心不用心的问题。所谓用心，就是发自肺腑，就是出自真心。只有从内心深处真正地热爱工作、热爱事业，才可能在做事情时做到认认真真，从而仔细仔细再仔细，细心细心再细心，说到做到，说好做好。事实上，有些工作确实有挑战，有难度，需要付出更多的劳动和心血。一个人对待工作发自肺腑、出自真心，就会知难而上，迎难而进，不畏惧一切艰难险阻，勇敢地面对压力和挑战。

第四，要超越他人去干。浅尝辄止地干，满足一般地干，是不可能超越他人的。只有创造性地干、创新性地干，才能超越他人。超越他人去干，是对工作的高标准和严要求。为此，要转变思维方式，转变工作方法，不断探索干好工作的新路径，更出色地完成时代赋予的历史使命。超越他人，需要自信和勇气，需要胆略和胆识，每一个干部都要增强自己这方面的能量，在创先争优中比才能，比才干，比贡献。

第五，要善于同别人一起干。我们的事业千种百样，我们的工作千头万绪，很多时候已经不是一个人能够全部承担的。分工上的越来越细化，标准上的越来越提高，特别需要团队意识、合作精神。一个人的力量和智慧毕竟是有限的，不可能穷尽工作的全部，不可能对每一个细微之处都考虑得那么周全完美。所以提倡善于同别人一起干，就是要求不仅自己能干，而且能够团结一大批人干。如此才会发挥更大的威力，才会拥有更高的效率。

第六，要能够耐得寂寞静悄悄地干。工作干出成绩了，会骄傲，也可能会有要求，譬如晋级、提薪、荣誉等。这可以理解，但千万不可以此为资本要挟组织。其实，每个人干得怎么样，组织和群众都会看在眼里，不会视而不见。作为我们个人，要有定力，不能因一些小小的愿望没得到满足就抱怨、就放弃。总之，要有耐得住寂寞的精神，要有抗得住诱惑的雅量，始终如一勤勤恳恳地干，默默无闻静悄悄地干，真正体现干部的本色。

要干，要认真地干，要用心地干，要超越他人去干，要善于同别人一起干，要能够耐得寂寞静悄悄地干。赵素萍部长提出的这六个层次的干、六种境界的干，耐人寻味，应当谨记。

是的，在当下，我们必须树立干的形象。因为形象不是看自己怎么说，而是看自己怎么做；形象在于自己怎么干，在于别人怎么看。

使命无价，我们必须用干来担承；目标至尊，我们必须用干来实现！

2012 年 6 月

深化务实宣传　呼应务实发展

近几年来，务实发展的理念已经在中原大地深入人心，务实河南的形象已经在海内海外受到尊重，以务实宣传推动务实发展，以务实宣传树立务实河南形象的成效已经初显。面对党的十八大后的新开局、新布局，如何更加深入地在务实宣传上下功夫，如何更好地凝聚社会共识助推中原经济区建设，成为全省宣传思想文化战线需要持续做好的功课。

“通过务实宣传更好地呼应务实发展的要求，更好地树立起务实河南的形象。”这是省委书记卢展工对全省宣传思想文化战线提出的新要求，也是新命题。这里的两个“更好”，是对务实宣传成效的再肯定；

一个“呼应”，是对务实宣传功能的新阐发。特别是“呼应”一词，既新鲜又贴切，启人思索，催人奋进。呼应其实就是一种务实的表现。所谓呼应，就要同心、同力、同责、同向，即与全省人民同心，与党员干部同力，与各级党组织同责，与建设中原经济区、实现中原崛起河南振兴的大业同向。这些年来，中原经济区在很短时间内上升为国家战略，“两不三新”三化协调科学发展路子得到广泛支持，用领导方式转变加快发展方式转变学习实践活动产生巨大反响，李文祥、程相文等一批典型为人们所熟知，都是务实宣传呼应务实发展结出的丰硕成果。

呼应务实发展，就要深化务实宣传。在日前召开的全省宣传部长会议上，省委常委、宣传部部长赵素萍为此提出了具体要求。她指出，深化务实宣传，就是要树立政治意识，弘扬主旋律，积聚正能量；就是要树立服务意识，走群众路线，让人民满意；就是要树立问题意识，改善舆论生态，提高引导能力；就是要树立改革创新意识，加快改革发展，激发创造活力。

树立政治意识，就要对党的基本政治路线、重大原则问题、重要方针政策，有正确的立场、鲜明的观点、坚定的态度，弘扬时代主旋律，积聚发展正能量。要深入开展中国特色社会主义宣传教育，增强广大党员干部的道路自信、理论自信、制度自信。要大张旗鼓地宣传“中国梦”、阐释“中国梦”、唱响“中国梦”，深刻认识加快中原经济区建设、实现中原崛起河南振兴，就是河南人民的“中国梦”。要在全省上下形成一种势能、一种场能、一种力能，确保一亿河南人民与全国人民一道迈入全面小康社会，为实现“中国梦”作出河南的贡献。

树立服务意识，就要始终秉持人民至上理念，坚持以人民为中心的工作导向，努力满足群众精神文化需求，多办为民利民惠民的实事好事，让文化发展成果更多更公平地惠及全体人民。要带头转变作风，务实谋划、务实运作、务实推进、务实落实，说到做到、说好做好。要带头转变学风，坚持理论联系实际，把学习的出发点和落脚点放在提高能力素质上，放在解决工作实际问题上。要带头改进文风，加快建立用事实说话、用典型说话、用数字说话、用群众语言说话的新的语言体系，推出更多人民群众喜闻乐见的精品力作，努力把工作做到群众心坎上。

树立问题意识，就要善于发现问题、提出问题、直面问题、研究问题、回答问题，推动问题的解决。要正确发挥好舆论监督的建设性作用，及时回应社会热点，既讲“怎么看”，又讲“怎么办”，着力疏导情绪、化解矛盾，培养良好的社会心态。新闻单位要真正履行好职责，始终坚持团结稳定鼓劲、正面宣传为主，把党委、政府的声音传播好，把当代社会的主流展示好，把人民群众的心声反映好。宣传部门要正确处理善待媒体、善用媒体、善管媒体的关系，强化阵地管理、关注社会舆情、加强舆情研判，掌握舆论引导的主动权，巩固壮大主流思想舆论。

树立改革创新意识，就要深入推进体制机制创新、内容形式创新、方法手段创新，不断推动宣传思想文化工作与时俱进、健康发展。要大力推进观念创新，树立大宣传理念，形成强大工作合力；要大力推进政策创新，围绕文化体制改革的重点领域和关键环节，深入研究解决制约文化产业发展的突出矛盾和问题；要大力推进路径创新，加强顶层设计，把文化改革发展放在全面推进中原经济区建设、全面建成小康社会的进程中来考虑和谋划，更加注重持续发展，更加注重统筹协调，更加注重科学引导，加快文化强省建设，推动中原文化大繁荣大发展。

深化务实宣传，通过务实宣传更好地呼应务实发展，是全省宣传思想文化战线重大的责任和使命。这项工作做好了，务实河南的形象就会更加精彩地展现在世人面前，未来的河南就会更加充满希望。

2013 年 3 月

牢固树立社会主义荣辱观

“以热爱祖国为荣，以危害祖国为耻；以服务人民为荣，以背离人民为耻；以崇尚科学为荣，以愚昧无知为耻；以辛勤劳动为荣，以好逸恶劳为耻；以团结互助为荣，以损人利己为耻；以诚实守信为荣，以见利忘义为耻；以遵纪守法为荣，以违法乱纪为耻；以艰苦奋斗为荣，以骄奢淫逸为耻。”这“八荣八耻”，是胡锦涛总书记在3月4日全国政协会议分组讨论会上关于树立社会主义荣辱观的重要论述。

“八荣八耻”提出以来，在全社会引起了强烈反响，得到了广大干部群众的热烈拥护。各界人士纷纷在网上和报纸上展开讨论，对如何树立社会主义荣辱观提出了建设性的意见。许多人认为，应当在党员干部和青少年中进行社会主义荣辱观教育，以“八荣八耻”为标杆，牢固树立社会主义道德规范。

“八荣八耻”体现了社会主义基本道德规范的本质要求，体现了依法治国与以德治国相结合的治国方略，反映了人民心声，代表了人民意愿，有着重要的现实意义。

应当清醒地看到，近年来随着市场经济的不断深入、社会生活的深刻变革和各种文化的相互激荡，一些人经受不住诱惑，世界观动摇了，人生观扭曲了，价值观错位了，干出了许多荣耻不分、美丑不辨、以耻为荣、颠倒是非，甚至有损国格人格的事情。这些现象如果不引起重视、不及时廓清，势必影响改革开放的大局，影响科学发展观的落实，影响小康社会的实现，影响社会主义和谐社会建设的进程。

因此，必须在全社会大力弘扬社会主义荣辱观，必须使全体人民牢固树立社会主义荣辱观。要以社会主义荣辱观引领社会道德风尚，努力形成以荣为荣、以耻为耻的良好氛围。

以热爱祖国为荣，以危害祖国为耻，就是要热爱祖国的一山一水、一草一木，热爱祖国的人民，热爱祖国的文化，时时处处维护祖国尊严、捍卫国家主权，多兴爱国报国之举，不做卖国辱国之事，增强民族的凝聚力、向心力。

以服务人民为荣，以背离人民为耻，就是要坚持权为民所用、情为民所系、利为民所谋的执政理念，把最广大人民的根本利益作为一切工作的出发点和落脚点，心里始终装着人民的疾苦冷暖，拒绝“形象工程”“政绩工程”。

以崇尚科学为荣，以愚昧无知为耻，就是要用科学的理论武装头脑，坚持辩证唯物主义和历史唯物主义，继承和借鉴人类创造的一切文明成果，加强学习，努力提高素质，同一切伪科学、反科学的思想和行为进行坚决的斗争。

以辛勤劳动为荣，以好逸恶劳为耻，就是要满腔真情地热爱劳动，满怀真诚地投入劳动，决不好逸恶劳、贪图享受，用自己的手创造财富，用自己的智慧换取幸福，宁可出力流汗也决不巧取豪夺，宁可忍受艰辛也决不放弃信念。

以团结互助为荣，以损人利己为耻，就是要视同志为亲人，视他人为友人，维护社会大家庭的团结和谐，维护人与人之间的良好关系，提倡互相关心、互相帮助，摒弃互相拆台、互相攻讦，反对损人利己、害人为己。

以诚实守信为荣，以见利忘义为耻，就是要恪守市场经济的诚信原则，公平竞争，信誉第一，践行诺言，一诺千金，不瞒天过海，不坑蒙拐骗，不欺诈敲诈，更不能为了一点蝇头小利不顾廉耻，以致杀人越货、谋财害命。

以遵纪守法为荣，以违法乱纪为耻，就是要遵守党章党纪，遵守国家的法律法规，遵守职业道德规范，凡是人民反对的就坚决不做，凡是中央三令五申的就令行禁止，心中永远高悬法律的利剑，不以权谋私，不知法犯法，不违法乱纪。

以艰苦奋斗为荣，以骄奢淫逸为耻，就是要弘扬“两个务必”，继续保持谦虚、谨慎、不骄、不躁的作风，继续保持艰苦奋斗的作风，自觉抵制拜金主义、享乐主义和大手大脚、铺张浪费的现象，一身正气，两袖清风。

西方哲学家康德说过，世界上有两样东西最能震撼人们的心灵——内心里崇高的道德，头顶上灿烂的星空。胡锦涛总书记关于树立社会主义荣辱观的重要论述，确立了是非的明确界限，已在全社会形成了共识。我们要把“八荣八耻”铭刻在脑海里，落实在行动上，真正从我做起，推荣斥耻，尊荣抑耻，追求道德的最高境界，树立中华民族的崭新形象，推动社会文明的全面进步。

2007年8月

过好三“关”

面对新时期，面对市场经济，广大党员干部要经受许多考验，要跨越很多关口，但最紧要的是过好三“关”。

三“关”是什么？就是权力关、金钱关、美色关。这三“关”哪一“关”都极富诱惑力，哪一“关”都不容易让人退却。

譬如说权力，具有多么神圣的威力，可以一言九鼎，可以呼风唤雨；譬如说金钱，具有多么神奇的邪力，可以任意驱使，可以所向披靡；譬如说美色，具有多么神妙的魔力，可以销魂动魄，可以令人沉迷。

但是，且慢。这三“关”往往又是泥潭，过不好就会沉落下去，陷入不可自拔的境地。

从陈希同到成克杰，从胡长清到慕绥新，从李乘龙到戚火贵，近几年一批又一批大大小小的官员之所以堕入腐败的深渊，就是因为在权力、金钱、美色面前没有经受住考验，以致跌了跟头，令人痛惜。

其实，仔细考察这些腐败官员的经历，我们会发现，他们都有过一段辉煌的业绩，都曾为人民作出过贡献。但随着地位的提高，随着生活要求的变化，随着奉承、恭维、巴结者的日益增多，他们就渐渐迷失了自己，进而私欲膨胀，置党和人民的利益于不顾，或大肆侵吞国家财产，或公开索贿受贿，或公然买官卖官，或明里暗中包养情妇，走向了违法乱纪的道路。

看来过好三“关”并不是一件简单的事情。权力、金钱、美色，之所以被称为“关”，就说明它们是党员干部保持先进性和纯洁性的关隘、关键、关紧。“关”前容不得马虎，也容不得大意。是堂堂正正地过“关”还是不择手段地过“关”，是清清白白地过“关”还是不知羞耻地过“关”，关涉着自身的声誉，也关涉着党的形象。

三“关”之中，权力关首当其冲。因为手中有权，就容易以权谋私，就容易搞权钱交易，就容易有美色包围。所以党员干部首先要过好权力关，只有抱着为人民掌好权、用好权的信条，才会抵御住金钱和美色的诱惑。

能不能为人民掌好权、用好权，说到底是理想信念问题，是世界观、人生观、价值观问题。事实一再证明，那些三“关”未过关的党员干部，也往往是三“观”未过关者。胡长清之所以认为自己一当上副省长，就可以高高在上，就可以为所欲为，便充分说明他对权力的崇拜已达到了何等的程度，他的世界观、人生观、价值观已糟糕到何等的地步。唐代崔颢云“莫言炙手手可热，须臾火尽灰亦灭”，真是至理名言。

世界观、人生观、价值观非常重要，它决定着党员干部的思想和行动。是崇尚马克思主义的世界观还是崇尚资产阶级腐朽的世界观，是崇尚积极向上的人生观还是崇尚消极没落的人生观，是崇尚为人民服务的价值观还是崇尚为人民币服务的价值观，是区别党员干部优劣的标志。

《中共中央关于加强和改进党的作风建设的决定》在分析党的作风方面存在问题的社会根源和思想根源

用心办刊

办好一本刊物很难，把一本党刊办好更是难上加难。

每天每天，我们都在忙碌中度过，或研究学习，或选题策划，或基层采访，或组稿约稿，或编辑加工，或排版校对……即使当刊物按出版时间漂漂亮亮印出来后，也不敢喘一口气，因为我们在等待着读者的批评，并紧跟着要开始下一期刊物的筹划。一期接一期，一年又一年，我们就是这样走过来的。

忙碌归忙碌，但我们快乐着、充实着、幸福着。这是一份事业，而且是党的事业，我们有责任把她做好。

没有别的诀窍，关键是用心。

当您读到这一本《党的生活》的时候，如果留意，会发现封面上的2014/1后面多了个“上”字。是的，从今年开始，《党的生活》每月要出两本，变成半月刊了，而且上、下半月都实行双色印刷，版面更美观了，也更好看了。希望您读了“上”，再读读“下”，把意见提出来，反馈给我们，会有利于我们更好地改进工作。

《党的生活》作为中共河南省委机关刊物，是属于河南1亿人民和400多万党员的，我们深知这份责任的重大。这本1952年创刊的刊物，迄今已走过了60余年的光辉历程，但在大部分的时间里，她一直是月刊。

改革开放以来，特别是党的十六大、十七大、十八大以来，随着理论创新的成果越来越丰富、知识更新的速度越来越迅速、学习型党组织和学习型社会建设的任务越来越繁重，我们深切感到，一月一期的出版形式已经远远不能适应形势发展的需要。与此同时，许多党员干部也不断来信来函，建议《党的生活》调整刊期，在内容上尽量增加，在出版周期上尽量缩短。综合种种因素，为提高党刊的时效性和丰富性，更好地服从服务于全省工作大局和广大党员干部的学习，满足读者的期待，我们决定《党的生活》自今年起由月刊变更为半月刊。

《党的生活》由月刊变更为半月刊，就是要为全省广大党员干部及时提供更多管用有效的学习教材，更好地推进学习型党组织和学习型社会建设。我们理想中的《党的生活》，上半月侧重政治性、指导性、思想性，下半月侧重知识性、可读性、实用性，上、下半月相互补充、相得益彰。已经出版的《党的生活》2014年1月上、下半月刊，就是本着这一理想策划编辑的。或许还有很多很多不足之处，但我们努力在这样做。做得怎么样，还需要广大读者来检验。

党刊是党的重要宣传舆论阵地，在党和人民之间起着桥梁和纽带作用。党和政府的方针政策，要通过党刊等主流媒体去传递；人民群众的愿望渴求，要通过党刊等主流媒体去反映。如何做到坚持党性和人民性相统一，把体现党的主张和反映人民心声统一起来，其中有大学问，真的需要我们用心去做好。

省委常委、宣传部部长赵素萍甫一上任就给我们提出了要求。她指出，《党的生活》一方面要围绕大局，服务好省委、省政府的中心工作；一方面要贴近生活、贴近现实、贴近群众，在鲜活生动上下功夫，让党员干部入脑入心，真正愿意读、愿意看，成为名副其实的“党员之家”。我们理解，办好《党的生活》，就是要做到围绕中心、服务大局，面向基层、服务基层，鲜活生动、可读可亲。

落实到具体办刊实践中，还是两个字：用心。

我们一定会用心地抓好舆论导向。因为抓好导向，是提高舆论引导能力的关键。面对党的十八届三中全会提出的全面深化改革的新要求，我们要始终保持政治上的清醒与坚定，自觉与以习近平同志为总书记的党中央保持高度一致。

我们一定会用心地提高刊物质量。因为质量是刊物的永恒课题，是我们永远的追求。我们既要关注党和政府在干什么，又要关注党员群众在想什么，只有有针对性地搞好报道和宣传，才能真正扩大党刊的影响，不辜负党刊的使命。

我们一定会用心地践行“三贴近”。因为践行“三贴近”，是提高舆论引导能力的关键。党刊工作只有贴近实际、贴近生活、贴近群众，让读者喜闻乐见，才有生命力、影响力和感召力，才能得到社会的认可，发挥应有的作用。

我们一定会用心地培植品牌栏目。因为品牌栏目是拳头产品，能够使刊物产生诱人的“磁场”。我们要按照栏目定位实行“特色经营”，着力增强思想含量、文化分量、艺术质量，力争使重要栏目、重点栏目办出特色，赢得读者。

我们相信，拥有一份真心、坚持一片痴心、抱定一种恒心，再加上广大读者您的支持，《党的生活》就会越办越好！

2014 年 1 月

第三辑　赞歌赞辞

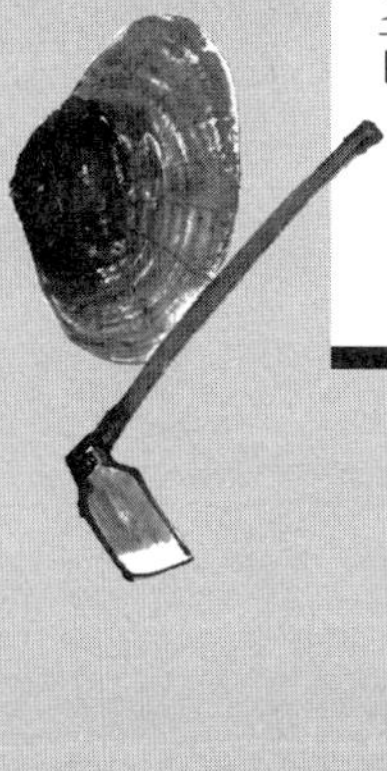

想起一串闪光的名字

想起一串闪光的名字，就像想起夏夜里的满天星斗，就像想起春日里的一地阳光，就像想起深秋里的遍野硕果。

想起一串闪光的名字，就像想起寒风中的一盆炭火，就像想起暮色中的一盏明灯，就像想起沙海中的一片绿洲。

让我们记下这一串闪光的名字：雷锋、王进喜、焦裕禄、孔繁森、谷文昌、郑培民……

让我们记下这一串闪光的名字：钱学森、张海迪、史来贺、陈景润、张荣锁、吴金印……

这一串闪光的名字有的已与泥土融为了一体，但他们不朽的精神，就像郁郁葱葱的楠竹，永远挺拔、苍翠。这一串闪光的名字有的生活在我们身边，他们用劳动和创造，诠释着共产党人的圣洁和崇高。

譬如雷锋，他把有限的生命投入到无限的为人民服务之中，以毫不利己、专门利人的高尚情操，激励着一代代青年人。

譬如焦裕禄，他把毕生的心血倾洒在兰考大地，以矢志与风沙、盐碱、贫穷、苦难抗争的壮举，为更多的党员干部树立了一座雕像。

譬如钱学森，他把国家利益放在至高无上的地位，以满腔的热血献身祖国的科技事业，成为知识分子敬仰的楷模。

譬如史来贺，他把带领群众致富当作自己最大的追求，以农民式的朴素情感回报脚下的黄土地，让小康真真切切进入到每一个家庭中。

一串闪光的名字，是一串明亮的音符，谱写出一曲曲时代的壮歌。

一串闪光的名字，是一串鲜活的词语，书写出一首首绚烂的史诗。

这一串闪光的名字胸前，饱含着爱党、爱祖国、爱人民、爱社会主义的赤诚；这一串闪光的名字背后，洒满了奋斗、求索、奉献的汗水。

想起这一串闪光的名字，我们的内心里总是充满温暖。因为有了他们，我们感到了人间的可亲和可爱；因为有了他们，我们感到了世界的美丽和美好。

想起这一串闪光的名字，我们的血管里总是充满激动。因为有了他们，我们感到了前进的力量之无穷；因为有了他们，我们感到了人生的价值之所在。

闪光的名字，闪光的星星，缀满了天空。

让我们永远仰望着他们！

让我们追随着他们的足迹，走向明天与未来。

2003 年 4 月

向劳动者致敬

又是五月，又逢五月。五月的第一天，是劳动者的节日。

又是五月，又逢五月。在五月里，让我们向劳动者致以崇高的敬礼。

劳动者，多么光荣的名字，多么响亮的称谓；劳动者，多么高尚的荣誉，多么自豪的奖赏。

年年月月，你在太阳下挥洒着汗雨；朝朝暮暮，你在大地上创造着辉煌。

一柄钢钎，一把铁锤，足以震惊世界。

一支钢笔，一行文字，足以撼动地球。

一身血肉，一双大手，足以改造山河。

你是一群大写的人。你永远的姿态是：躬身耕耘；你永远的信念是：昂首前行。你是犁铧，开垦着荒原，播种着绿色；你是火把，燃烧着光焰，照亮着征途；你是鼓槌，敲击着辉煌，迎迓着黎明。

你是延伸的钢轨，你是挺立的铁塔；你是晶莹的汗珠，你是鲜红的血液；你是有韵的诗歌和无韵的散文；你是遒劲的书法和白描的美术；你是风雨雷电，你是日月星辰。

你是追日的夸父，你是填海的精卫，你是移山的愚公。

让我们为劳动者歌唱吧，是他们创造了历史，并将创造未来；让我们为劳动者赞美吧，是他们书写了现实，并将书写明天。

男人、女人，年长者、年轻者，靠打工谋生者、靠知识创业者，一切在不同职业、不同行当从事着有益于人类和社会的工作的人们，不论性别、不论长幼、不分贵贱，都应该受到我们最真诚的祝福和尊重。

此刻，让我们从田野的庄稼地里找到他们的影子，让我们从车间的流水线上找到他们的影子，让我们从实验室的电脑前找到他们的影子，让我们从高高矗立的脚手架上找到他们的影子，让我们从蜿蜒在地层下的巷道里找到他们的影子。让我们把鲜花奉献到他们的胸前，让我们用歌声抚慰他们的心灵，让我们深情地向他们道一声问候：您好！

看，今日中原，全面建设小康社会的宏伟蓝图正在付诸实践，到处是高速公路的破折号，到处是马达声声的交响乐，一座座城镇拔地而起，一片片乡村换了新颜……这是劳动者的功绩，是他们把一个闪亮的时代推到了我们面前。

让我们拥抱这属于劳动者的时代吧，让我们都做一个忠诚的社会主义的劳动者。

2004年5月

以焦裕禄为镜

镜是用来映照形象的器具，古代用铜磨制，现在则多用平面玻璃。在生活中，镜的利用频率是相当高的，从早上起床的那一刻起，我们每天对镜相照的次数恐怕真说不清楚。但用镜作比喻，说出人生的大道理，体现出治国平天下的大智慧者，唐太宗似乎是第一人。据《资治通鉴》记载，丞相魏徵去世后，太宗悲恸至极，对侍臣说："人以铜为镜，可以正衣冠；以古为镜，可以见兴替；以人为镜，可以知得失。魏徵没，朕亡一镜矣！"

"以人为镜，可以知得失"，说得确实太好了。唐太宗提出的"以人为镜"的观点，历经一千余年至今仍放射着思想的光辉。日前，中共中央政治局常委、国家副主席习近平号召全党学习和弘扬焦裕禄精神，其实就是要求我们以焦裕禄同志为镜，认真察看自己的得失。当然，唐太宗“以人为镜”指的那个人魏徵，和我们今天“以人为镜”指的这个人焦裕禄，不可同日而语，因为一个是封建统治的忠实维护者，一个是党和人民事业的无私奉献者，其中间的距离何止十万八千里！

焦裕禄是我省20世纪60年代涌现出的先进典型，是领导干部的光辉楷模。《县委书记的榜样——焦裕禄》记录了焦裕禄生前一桩桩一件件感人的事迹，曾经感染了无数的人，激励了无数的人。他那在风沙和暴雨中与困难斗争的形象；他那在贫瘠的大地上亲手栽植泡桐的英姿；他那在群众急需温暖时一句“我是你的儿子，是毛主席派我来看你”的话语；他那用棍子顶住疼痛难忍的肝部坚持工作的情景；他那因为自己的子女“看白戏”从而引起一次家庭会，引出一个县委文件《干部十不准》的举动；……都历久而弥新，时时如在眼前。焦裕禄虽然离开我们已经45年了，但他的精神穿越时空，仍然是我们推进各项事业的巨大力量。

我们党作为执政60年的大党，已经走过了88年的辉煌历程。今天，不论时代如何变迁，不论环境如何变化，党执政为民的宗旨始终没有变，也永远不会变。在推动科学发展、促进社会和谐、加强党的建设的历史新背景下，焦裕禄精神永远是我们党珍贵的一份财富，我们千万不可遗弃，一定要继承下来，发扬下去，做焦裕禄式干部，创焦裕禄式业绩，在应对国际金融危机中坚定信心，为经济社会又好又快发展作出积极的贡献。

焦裕禄精神到底是什么？省委书记徐光春在总结其基本内涵时，用了12个字，即“忠诚、爱民、科学、创造、实干、奉献”，可谓概括准确，字字中的。他进而解释道，忠诚，就是始终忠于党、忠于人民，时刻听从党的号召、人民的呼唤；爱民，就是视群众利益高于一切、群众疾苦急于一切、群众呼声先于一切，始终与群众心相连、情相依，同呼吸、共命运；科学，就是坚持实事求是，尊重客观规律；创造，就是勇于开拓创新，不死抠“本本”，不生搬硬套，善于创造性开展工作；实干，就是在工作中脚踏实地、埋头苦干，身体力行、率先垂范；奉献，就是不怕苦、不怕死，不为名、不为利，为党和人民的事业鞠躬尽瘁、死而后已。在当前开展的“讲党性修养、树良好作风、促科学发展”教育活动中，我们要与正在开展的深入学习实践科学发展观活动紧密结合起来，真正以焦裕禄为镜，用这 12 个字来对照自己，看自己是不是忠诚爱民，是不是科学创造，是不是实干奉献，进而看是不是化为了进取的动力和实际的行动。

具体说，就是要按照习近平同志在兰考与干部群众座谈时所强调的，大兴“五种风气”，即学习和弘扬焦裕禄同志牢记宗旨、心系群众，“心里装着全体人民、唯独没有他自己”的公仆精神，大兴服务群众之风；勤俭节约、艰苦创业，“敢教日月换新天”的奋斗精神，大兴艰苦奋斗之风；实事求是、调查研究，坚持一切从实际出发的求实精神，大兴求真务实之风；不怕困难、不惧风险，“革命者要在困难面前逞英雄”的大无畏精神，大兴知难而进之风；廉洁奉公、勤政为民，为党和人民事业鞠躬尽瘁、死而后已的奉献精神，大兴敬业奉献之风。我相信，用徐光春同志总结的 12 个字对照自己，用习近平同志要求的“五种风气”要求自己，我们的党性修养一定会进一步提高，良好作风一定会进一步养成，科学发展一定会进一步落实。

焦裕禄精神永放光芒。以焦裕禄为镜，见贤思齐，不论现在还是将来，都是广大党员干部永久的课题！

2009年6月

应该为农民工塑一座雕像

在今年的五一节即将到来的时候，我忽然有一个想法：建议艺术家们为农民工塑一座雕像。

这座雕像应该是群像；应该用最好的花岗岩或汉白玉雕塑；应该非常高大；应该非常有震撼力和感染力；应该竖立在每个城市最醒目的位置，譬如入市口，譬如主干道，譬如大型商厦，譬如中心广场，等等。

农民工是城市建设的英雄啊！我们的城市在一天一天长大，在一天一天长高，是谁的功劳？是农民工。看那林立的脚手架上，正在浇铸墙体的是农民工，正在垒砌砖石的是农民工，正在架构钢梁的是农民工。他们不知疲倦，用饱满的精神和力量支撑起了城市的脊梁；他们挥汗如雨，用满腔的心血和智慧描画出了城市的彩虹。置身每一座建筑工地，听叮叮当当的瓦刀奏鸣曲，听轰轰隆隆的搅拌机交响乐，你不感到是一种艺术享受吗？

农民工是美好生活的使者啊！在你紧紧张张上班的时候，在你悠悠闲闲散步的时候，你肯定会经常见到他们的身影。下水道堵塞了，街道一片汪洋，是农民工在那里忙着疏通；道路坎坷了，带来行走不便，是农民工在那里忙着铺设；垃圾堆满了，到处尘土飞扬，是农民工在那里忙着运输；报纸出版了，需要及时投递，是农民工在那里忙着奔波。可以想象，如果没有农民工，我们的城市将是什么模样，我们的生活将是什么窘境。

农民工是改革开放的功臣啊！在首都北京，在特区深圳，在繁华上海，在各种所有制形式的纺织厂、皮鞋厂、玩具厂，在祖国五彩缤纷的各个角落、各个领域，甚至在地层深处的煤海，农民工都是巨大财富的创造者。企业流水线上那源源不断的产品，倾注着他们的汗水；政府统计报表中那连年攀升的数字，凝结着他们的功劳。他们中的一些突出者，还用在外学到的技术、挣到的资金回报家乡，促进了农村的发展和进步。

这就是农民工，世界最为广大、最为独特的一群劳动者，中国最为平凡、最为辛苦的一群劳动者。

他们坚韧，像大山里的常青藤，火烧不惧，刀砍不怕；即使酷暑暴蒸、严霜威逼，即使日饮清水、夜枕陋席，也毫不退缩，依然发出爽朗的笑声。

他们坚强，像悬崖上的落叶松，雷打不萎，风摧不倒；即使别妻离子、背井离乡，即使日伴太阳、夜伴明月，也决不流泪，依然奏出生命的强音。

其实，他们不仅坚韧坚强，而且坚守品德、坚信美好。在物质诱惑面前，他们不会动摇心中的信念；在遭遇冷眼的时候，他们永远保持不卑不亢的形象。他们对自己，总是那么苛刻，从来没有过高的要求；他们对别人，总是那么无私，宁愿献出自己的一切。在他们的身上，集中体现了中华民族的传统美德：勤劳勇敢、朴实善良、甘于奉献、勇于进取。把英名留在温州的李学生，把事迹刻在青岛的魏青刚，就是广大农民工的优秀代表！

农民工，注定将成为现代汉语词典不可或缺的词语；历史，注定将为农民工留下浓重的一笔。在构建社会主义和谐社会的进程中，让我们关注农民工，关爱农民工，因为农民工是我们亲如手足的好兄弟、好姐妹。

应该为农民工塑一座雕像。应该早一些，再早一些；快一些，再快一些。

应该为农民工塑一座雕像。应该在这座雕像中，把农民工身上所具有的美全部体现出来。

应该为农民工塑一座雕像。应该把这座雕像放置在我们的心里，让我们时时刻刻懂得感恩。

2006 年 5 月

贵在真

干任何工作都需要真心地热爱，做任何事情都需要真情地投入，成就任何事业都需要真诚地奉献。一句话：贵在真。离开了真，可想而知那将是一种什么状况。

所谓真，就是发自肺腑，就是出自内心，就是自觉自愿，不需要任何外力的强迫和强制，不需要任何利益的推动和诱惑，永不言弃，始终如一。

譬如在许多人眼里，政治理论似乎枯燥乏味，引不起兴趣。但海军大连舰艇学院政治系教授方永刚二十二年如一日，把三尺讲台当作实现人生价值的大舞台，真学，真信，真情传播，真诚实践党的创新理论，全身心投入党的创新理论教学、科研和传播工作，成为全体党员干部学习的楷模。

方永刚从一名农村青年、普通大学生成长为军队优秀政治理论教员，其身上最宝贵的财富就是真。他深入学习党的创新理论、坚定信仰党的创新理论、积极传播党的创新理论、模范践行党的创新理论，即便患癌症到了晚期，也没有停止研究传播党的创新理论的工作。他把每堂课都讲成精品，超额完成200%的教学任务；他穿行白山黑水之间，向群众宣讲科学理论千余场；他忍受病痛，夜以继日，撰写研究文章千万字……

正因为真，许多听过方永刚讲课或者讲座的干部、群众、学生、官兵，都不约而同地评价："他讲的课好听！"为什么好听？用方永刚的话说就是，理论还原到生活，要经过一系列环节，传播理论的人要架起理论和实践之间的桥梁，当好群众的"政治翻译"，把党的理论翻译成他们听得懂的语言。这个翻译的过程可不简单，不会一蹴而就，需要倾注真情真意做大量的调查研究工作和案头工作。

正因为真，人们才记住了方永刚讲课的一个个生动的故事。一次，方永刚给党员干部讲“和谐”，他说“和”字由“禾”和“口”组成，就是人人要有饭吃；“谐”字由“言”和“皆”组成，就是人人都要讲话。人人都有饭吃，体现了以人为本；人人都要讲话，体现了政治民主。既以人为本，又政治民主，这就是和谐社会。他对“和谐”二字别出心裁的拆解，通俗易懂，让人耳目一新。还有一次，方永刚向农民作有关科学发展观的报告。他说，科学发展观的主要内容是11个字，即“以人为本，全面、协调、可持续”。这11个字，字字与咱农民相连。以人为本是啥呢？就包含以我们农民为本。全国13亿人口，农民就占了8亿。这两年减免农业税、减免农村中小学生学费等等，就是党和政府落实科学发展观、以人为本的具体体现。所谓全面，其中就包括农村和农民这个大多数；所谓协调，就是要城乡协调、区域协调，同样也主要是为了解决农村和农民的问题；所谓可持续，就更是为了农村的长远发展。这样朴素的讲解怎能不引起农民朋友的兴趣？他让科学发展观真正地贴近了农民！

正因为真，方永刚才有不拿讲稿，只需一壶水、一条毛巾，就能一口气讲两三个小时，而且激情四射、感染力极强的授课特色。他不拿讲稿，是因为他胸有成竹，课前的大量积蓄早已融化在了脑海里。他说："每当我走上三尺讲台，用党的创新理论特别是用以科学发展观为统揽的一系列创新理论观点，耐心解答广大学员、基层官兵和地方干部群众关心的重点、热点、难点问题，看到我的辛勤劳动换来了听众雷鸣般的掌声和舒心的微笑的时候，我的内心深处都会涌起一种难以言表的神圣感、幸福感和成就感，体味到了与真理同行的快慰与满足！"

党的创新理论来自群众，又服务群众，需要平民化、生动化的宣讲。方永刚呕心沥血为群众当好"政治翻译"，把最难讲的政治理论课讲成了深受学员和群众欢迎的课程，充分展现了党的创新理论的无穷魅力。其真情，天地可鉴；其真诚，民心可称！

真理只有进入人的心灵，引起灵魂深处的共鸣，才能产生坚定的信仰与果决的行动。而这个过程需要一大批方永刚式的真学、真信、真情传播、真诚实践者。方永刚深入学习党的理论、追求真理的探索精神；坚定信仰党的理论、矢志不渝的执着精神，积极传播党的理论、不辱使命的献身精神，模范践行党的理论、知行统一的求实精神，值得每一个理论工作者学习。

2007 年 6 月

南湖·红船

我游过很多很多湖，洞庭湖、鄱阳湖、青海湖、西湖，或浩渺无际，或碧波粼粼，或温润如玉，每一个湖都很美，都有说不尽的妙处，但我最爱的还是南湖。位于嘉兴的南湖虽面积不大，却是世界上了不起的湖，因为全世界最大的政党——中国共产党，就是从这里扬帆起程的。

我见过很多很多船，湖海里行驶的船，江河里行驶的船，有的高大威武，有的玲珑小巧，有的雍容豪华，有的淡雅素朴，每一条船都很吸引人，都会把你带入一片诗意的水域，但我最爱的还是红船。这只与嘉兴的南湖须臾不可分离的船，虽小得不能再小、简陋得不能再简陋，却是世界上了不起的船，因为全世界最先进的政党——中国共产党，就是在这只船的船舱里诞生的。

如今，南湖依然在嘉兴的胸前荡漾着碧波，红船依然在南湖的岸边静静地停泊。每一个来到南湖的人，都会去重温红船的故事，那是中国共产党历史的起点，那是开天辟地新纪元的开头，那是古老中国的第一抹火红，那是漫漫长夜的第一缕星光。

1921 年 7 月 23 日那个日子，距今已经 89 年。当时，中国共产党第一次代表大会在上海法租界的一栋房子里召开，因遭到巡捕监视，不得已立即休会转移。代表之一的李达，他的夫人叫王会悟，是嘉兴人，她提议到南湖来开会。到 8 月初，会议最终选择在一只游船上继续进行，并完成了各项议程。这只游船，就是后来人们亲切称呼的红船。红船船身很低，需弯腰才能进去；船舱很小，只能容纳十余只小凳。当时，党的 12 名创始者就是在如此恶劣的环境中宣告了中国共产党的成立。

南湖中央有一座楼阁，名叫烟雨楼。想象当年的情景，烟雨楼真是历史烟雨最好的见证者。它见证了我们的党诞生时的艰难、开创时的艰辛，当然它更见证了我们的党如何从十几个人的小党成长为今天拥有7000多万名党员的大党的光荣，见证了我们的党如何从胜利走向胜利进而成为坚强的执政党的辉煌。

南湖这一片碧水啊，分明有海的襟怀、海的深情。它护佑着我们的党，不管经历再大的风浪，也始终昂首向前，永不沉没。

红船这一只神船啊，分明有指南针的指引。它载着我们的党，从南湖出发，涉过赣江，涉过湘江，涉过赤水，涉过金沙江，涉过大渡河，涉过延河，涉过黄河，最终稳稳地走进北京的中南海。

其实，红船的指南针不是别的，正是马克思主义。以毛泽东同志为代表的早期中国共产党人，“问苍茫大地，谁主沉浮”，把马克思主义的普遍原理与中国革命的实际情况相结合，最终找到了正确的方向，以农村包围城市的战略，以“不到长城非好汉”的勇气，在“江山如此多娇”的960万平方公里的土地上，建立了人民当家作主的社会主义国家。

党成立89年特别是执政61年来，经过历代党的领导集体的从容掌舵、正确掌舵，我们的党行驶的海

四顧山光接水光憑欄十里芰荷香清風明月無人管並作南樓一味涼
乙亥馮傑

域已经愈来愈开阔，驾驶的航船已经愈来愈强大，船头上飘扬的红旗也愈来愈鲜艳。我们今天正在进行的改革开放，正在建设的中国特色社会主义，其源头都要追寻到嘉兴的南湖和南湖上的那只红船。南湖与红船，是我们党的故居，是我们党的根脉，无论风云如何变幻，无论雷电如何莫测，我们都要坚定不移地珍视她、热爱她、维护她。

今天，南湖风平浪静；今天，红船格外鲜红。我相信，每一个到南湖游览的人，每一个去瞻仰红船的人，都会有最新的感受。

让我们乘着新时代的红船，继续向着伟大的未来前行！

2010 年 7 月

五星红旗，你是我的骄傲

“那是从旭日上采下的虹，没有人不爱你的色彩。一张天下最美的脸，没有人不留恋你的容颜。你明亮的眼睛牵引着我，让我守在梦乡眺望未来。当我离开家的时候，你满怀深情吹响号角。五星红旗，你是我的骄傲！五星红旗，我为你自豪！为你欢呼，我为你祝福，你的名字，比我生命更重要……”这是歌手孙楠演唱的歌曲《红旗飘飘》的歌词。它写得多么的好啊，真挚而热烈，朴实而深情，完美地诠释了中华儿女对五星红旗特殊的爱恋，生动地表达了海内外中华儿女对伟大祖国由衷的挚爱。每一次听着这首歌，我的热血就会沸腾，我的心潮就会涌动，我的眼眶里就会蓄满滚烫的泪水。

每天，当旭日东升，当国旗护卫队将五星红旗高高地升起在天安门广场上空的时候，这首歌的旋律就会伴着国歌的铿锵在我的心里流淌。

每年，当国庆佳节，当大江南北所有的城市乡村成为五星红旗的海洋的时候，这首歌的乐符就会伴着白鸽的欢叫在我的耳畔回响。

特别是，当五星红旗在世界各地的体育竞技场上为获得冠军的中国健儿升起的时候，当五星红旗被航天英雄们高举着潇洒地挥舞在太空的时候，当五星红旗在地球的巅峰珠穆朗玛峰上熠熠闪耀的时候，当五星红旗在南极的中山站和长城站高高飘扬的时候，当五星红旗在印度洋上的中国护航舰队的舰首迎风招展的时候，我总会情不自禁地想吟出来、唱出来这首歌。

五星红旗，是中国的国旗，是新中国的标志与象征。她确实有着“一张天下最美的脸”，简洁中蕴含大气，庄重中充满喜庆。那鲜艳的红和辉煌的星所蕴含的寓意，那全国各族人民团结在党的周围走向辉煌灿烂明天的昭示，已经融化在千千万万中国人的血液里、心灵中。无论我们走到哪里，无论我们身处什么地方，都会对那一面飘动的火红充满向往和憧憬，充满温暖和感动。

我至今不能忘怀去年 5 月在澳大利亚见到五星红旗的那一幕。距黄金海岸数十公里的电影世界，是澳大利亚著名的休闲乐园，每年都吸引数百万世界各地的游人。我们乘坐的大巴刚到电影世界门口，我突然就在一排飘扬着几十个国家国旗的旗杆上发现了一面非常熟悉的旗帜，啊，那不正是五星红旗吗？在这里看到五星红旗，大家不约而同和我一道欢呼起来，那种自豪感禁不住油然而生。那一刻，我看着异国蓝天白云衬托下的五星红旗，感到是那么的亲切，那么的亲近，真的就像是看到了母亲。据导游讲，改革开放以来随着中国国力的提升，澳大利亚越来越重视中国，在这里悬挂中国的国旗，就是表示澳大利亚对中国的尊重。我品味着导游的话，深深体会到了“中国”二字的分量。“当我离开家的时候，你满怀深情吹响号角。”此时，《红旗飘飘》再一次在我的脑海萦绕，更增添了无限的庄严与肃穆。

我终于理解了无数海外华人回到祖国的激动，因为五星红旗所代表的中国，不仅是他们最温暖的家，更是他们最坚强的后盾。

五星红旗，你是我的骄傲！我骄傲的是，经过 60 余年风雨的洗礼，你的颜色分明更加鲜红，你的英姿分明更加伟岸。

五星红旗，你是我的骄傲！我骄傲的是，在你辉映的 960 万平方公里的土地上，中国人真正堂堂正正地站起来了，并且正在大步走向世界!

2010 年 10 月

阻击非典：让我们众志成城

非典型性肺炎，一种让人猝不及防的疫病，不幸降临到中国大地。中华民族再一次面临着考验，铁的意志再一次经受着生与死的锤炼。

阻击非典！此刻，共同的心愿让13亿中国人肩并肩、心连心，筑起了坚固的巍巍长城。

这是一场没有硝烟的战斗，这是一场注定要取得最后胜利的战斗。因为我们看到，在这场伟大的战斗中，党中央的总书记走在了指挥的最前沿，共和国的总理深入在人民群众中，广大医务工作者出生入死、舍身忘我，广大科技工作者迎难而上、披荆斩棘，社会各界临危不惧、紧密团结。有了这样的凝聚力、向心力，有了这样的坚定信心、坚强决心，还有什么艰难困苦不能克服，还有什么挫折压力叫人畏惧！

中华民族是一个饱经沧桑和磨难的民族，中华民族又是一个坚韧顽强、无坚不摧的民族。在历史上，无论是自然灾害，还是外族入侵，都未能让我们屈服。这种闪耀着独特光芒的民族精神的最鲜明表现，就是“万众一心、众志成城”所形成的巨大力量，正是这八个大字，成为我们战胜各种困难的宝贵财富。

几个月来，阻击非典的战斗，自然使人们联想到了 1998 年的抗洪抢险斗争。当年，面对长江的惊涛、松花江的骇浪，全国军民万众一心、众志成城，谱写了一曲威武雄壮、气吞山河的凯歌。同样，在今天非典肆虐的时候，举国上下又是万众一心、众志成城，奏响了一曲科学求实、迎难而上的壮歌。事实证明，万众一心、众志成城，我们就能战胜一切艰难险阻；万众一心、众志成城，我们就能夺取一个又一个胜利。

当然，我们应该认识到，阻击非典的战斗是一场特殊的战斗，其任务将十分艰巨和复杂。因为截至目前，人类对非典这个病魔传播的原因尚没有搞清，对其流行的特点还没有完全掌握，鉴定诊断和治疗还缺乏有效的手段，这就需要我们做好打持久战的心理准备。大“敌”当前，最需要的是万众一心、众志成城，要有一鼓作气的斗志和排除万难的勇气。社会各方面和我们每一个人，都要时时处处把党和人民的利益放在首位，把人民群众的身体健康和生命安全放在首位，倍加顾全大局，倍加珍惜团结，倍加维护稳定，共渡难关，确保打赢阻击非典的攻坚战。

具体到我们河南来说，虽然非典疫情在全国不是最严重，但决不可掉以轻心。河南是全国人口大省，又处在交通的枢纽，往来人员复杂，一旦控制不力，就可能酿成严重的后果。我们一定要听从省委的指挥，万众一心、众志成城，认真贯彻好中央关于防治非典的各项决策，做到早发现、早报告、早隔离、早治疗，服从大局，落实责任，严守纪律，为防止非典的蔓延作出积极的努力。

“有一种胜利和失败——最辉煌的胜利和最悲惨的失败——不是掌握在别人手中，而是操纵在自己手里。”这是古希腊先哲柏拉图的名言。让我们从重新学习怎样洗手做起，从重新学习怎样戴口罩做起，万众一心，将非典阻击在远离人类的地方；让我们团结起来，凝聚起坚固的民族长城，去迎接阻击非典的最辉煌的胜利。

我们相信，有以胡锦涛同志为总书记的党中央的坚强领导，胜利永远是属于伟大的中国人民的！

2003年5月

从奥运夺金到新中国庆典

今年的中国真是喜运相伴，喜事不断。我们刚刚品尝了中国体育健儿在雅典奥运会上夺金的喜悦，如今又迎来了新中国成立55周年的盛大庆典。城市和乡村，到处花团锦簇；南方和北方，一样锣鼓喧天。

此刻，天安门广场上空，当高高飘扬的五星红旗在我们的视野里辉映的时候，当《义勇军进行曲》的旋律在我们的耳畔回响的时候，我们不能不再次沉浸到激情还未散去的雅典奥运赛场。那32块金牌的分量，那冠军台上32次国旗的升起和国歌的奏响，无疑是向新中国成立55周年庆典献上的最美好的祝福，无疑是为新中国成立55周年庆典增添的最绚丽的色彩。

当今世界，恐怕没有比奥运会更能牵动世人神经的活动了。各国运动员在这个大舞台上的表现，一定程度上反映了一个国家的风采和风貌，体现了一个国家的实力。积弱积贫的旧中国，虽曾是奥运大家庭中的一员，却只能一次次远离奥运会；是新中国让中国人挺起了腰杆，才再次重返那激动人心的赛场。从许海峰在洛杉矶奥运会上为中国夺得第一枚奥运金牌，到这次雅典奥运会上一举夺得32枚金牌，并跻身金牌榜第二位，中国人已经112次将五星红旗升起在奥运会的冠军领奖台上。

了不起的成就，让世界震惊了。

其实，让世界震惊的是中国发展的迅猛，是中国崛起的神速。正像刘翔以12.91秒创造的110米跨栏新纪录一样，黄皮肤的中国人能够迈向所有高度，能够超越一切巅峰。

从奥运夺金到新中国成立55周年庆典，每一个中国人都会感慨万千。回顾昨天的征程，几多风雨，几多沧桑；环视今天的收获，几多幸福，几多泪水。新中国成立的55年，可歌可泣，堪称辉煌。党的三代中央领导集体开创的事业，如参天大树深深地扎根在中国的大地上。中国人民从来没有像今天这样意气风发、扬眉吐气，古老的东方神州从来没有像今天这样朝气蓬勃、繁荣富强。

中国的崛起，靠的是党的领导，靠的是人民的力量，靠的是无数中华儿女的自强不息、顽强拼搏。我们相信，在以胡锦涛为总书记的新的党中央领导下，未来的中国，必将有更多的奇迹出现，必将在更多领域登上冠军的领奖台，必将为人类作出更大的贡献。

让我们会集在五星红旗下，向着明天出发!

让我们高唱《义勇军进行曲》，永远前进，前进，前进进——

2004年10月

就是要“用发展赢得尊重”

细心的人们可能会发现，以“古、土、苦”闻名的河南，近两年来面貌改变了，形象提升了，口碑称好了。

一个不争的事实是，中央所属媒体纷纷来河南采访报道，北京、上海、广东、香港、澳门等地主流媒体纷纷来河南捕捉素材。他们刊发的大量正面宣传河南的稿件，让境内和境外的人们看到了一个真实的河南，一个前进中的河南。

还有一个不争的事实是，仅 2005 年，就有江西、河北、山西、新疆、陕西、甘肃等省区先后组团来河南考察学习。代表团规格之高、规模之大，均属空前。

一路走来，他们从内心发出了慨叹，深感河南的现代化程度和文明程度出乎意料。

尤其是美国前总统克林顿去年访问郑州、俄罗斯总统普京今年访问少林寺，更是在全球刮起了一阵河南风，让世界对河南有了更多的认识、更多的了解。

探究河南备受关注的原因，人们会不约而同地回答：是发展。诚如省委书记徐光春所言："河南要用发展赢得尊重！"这一精辟论断，准确地道出了河南魅力之所在。

每一个河南人都会深刻地感受到：近几年，河南经济实力在显著增强。现在，全省年生产总值突破1万亿元，人均产值突破1万元，粮食总产量突破450亿公斤，全部工业增加值近5000亿元，经济总量稳居我国中西部地区之首，河南作为经济大省、农业大省、工业大省的地位日益牢固。

每一个河南人也都会深刻地感受到：近几年，河南社会事业在全面发展，文化事业在愈益繁荣，城乡居民收入在持续增长，人民生活在明显改善。

特别是"促进中部地区崛起"的战略号角吹响之后，9700万河南人民在省委、省政府的统一部署下，聚精会神搞建设，一心一意谋发展，勇于探索，励精图志，走出了一条在较短时间内，把一个人口多、底子薄、起点低的内陆农业大省建设成为经济强省的发展路子。

大力实施开放带动战略，强力推进工业化，不断提高城镇化水平，努力实现农业现代化，坚持实施“科教兴豫”、人才强省战略，着力打造“创新河南”……一个又一个坚实有力的举措，引领着河南走向更加美好的明天。

率先取消农业税，大力发展劳务经济，大力发展文化事业和文化产业，向人民群众承诺“十件实事”，在全国率先推出“文化遗产日”，在新郑黄帝故里举办拜祖大典……一项又一项惠民富民的德政，照亮了河南的锦绣前程。

河南在前进！河南在巨变！河南在飞跃！

放眼河南大地，中原城市群隆起了脊梁，郑汴一体化迈开了步伐；置身中州热土，山乡和平野舞起了彩绸，新农村建设扬起了风帆。

如今，回首走过来的道路，我们更加理解了“用发展赢得尊重”的丰富内涵。展望“十一五”以至更远更远的路程，我们更加坚定了信念，要使发展始终成为河南的主旋律。

“用发展赢得尊重”，其实是一种理念、一种使命、一种自觉，是一种清醒的认识和判断，是一种坚定的决策和行动。

“用发展赢得尊重”，就必须咬定发展不放松。作为全国人口第一大省、全国农业人口第一大省，河南的唯一的出路就是发展。因为发展不仅是人民群众根本利益所在，也是解决所有问题的出路。我们要紧紧抓住20世纪头20年的重要战略机遇期和中央促进中部崛起的历史机遇，创新发展思路，落实发展举措，奋力实现中原崛起。

“用发展赢得尊重”，就必须坚持科学发展。要用科学发展观统领中原崛起全部工作，围绕农业先进、工业发达、文化繁荣、环境优美、社会和谐、人民富裕的目标，全面谋划、积极推进。要按照统筹城乡发展、统筹区域发展、统筹经济社会发展、统筹人与自然和谐发展、统筹国内发展和对外开放的要求，紧密结合河南实际，坚定不移地走科学发展之路。

“用发展赢得尊重”，就必须落实到行动上。要着力解决涉及人民群众切身利益的生产生活问题，切实把实现好、维护好、发展好最广大人民群众的根本利益体现在各项决策和工作部署中，落实到经济社会发展的各个方面，确保我们的工作经得起实践的检验，经得起群众的检验，经得起历史的检验。

坚持“用发展赢得尊重”，河南就一定会赢得今天和未来！

2006 年 8 月

在工作上发挥创造力

中国共产党是一个极富创造力的政党，我们的广大共产党员是极富创造力的先进群体。党成立以来 80 余年的辉煌历程，尤其是改革开放 20 余年来的实践，已经充分证明了这一点。在新的历史条件下，要通过先进性教育活动，使这种创造力得到更大的发挥。

在工作上发挥创造力，要有新的思想观念。观念是行动的先导。陈旧的观念落后于时代，会束缚我们的脚步；先进的观念与时代合拍，会引导我们向前。我们党在革命、建设和改革开放进程中取得的一系列巨大成就，都伴随着思想观念创新的过程。面对新形势、新任务，我们的思想观念更要跟上时代前进的步伐。

党的十六届四中全会提出，要使党“成为科学执政、民主执政、依法执政的执政党”，这里的“科学执政、民主执政、依法执政”，就是我们党执政的新理念。广大共产党员要坚持解放思想、实事求是、与时俱进的思想路线，进一步树立科学执政的理念、民主执政的理念、依法执政的理念，把思想认识从那些不合时宜的观念、做法和体制的束缚中解放出来，从对马克思主义的错误的和教条式的理解中解放出来，从主观主义和形而上学的桎梏中解放出来。每一个共产党员要经常用时代发展的要求审视自己，努力克服安于现状、因循守旧，不思进取、无所作为的思想观念，以改革的精神加强和完善自己，始终保持强烈的进取心、事业心，始终走在时代的前列。

在工作上发挥创造力，要有良好的精神状态。精神决定风貌。健康的精神充满斗志，能让人勇气倍增；病态的精神缺乏神采，会使人消极堕落。精神状态的优劣，直接表现在工作作风上。是无所事事、得过且过还是克难攻坚、勇争一流，是夸夸其谈、浮漂应付还是脚踏实地、求真务实，是贪图享受、拈轻怕重还是无私奉献、一往无前，都会见出一个人精神状态的高下。气可鼓而不可泄。工作顺利时，要激励自己不满足现状，更上一层楼，做一流的工作，创一流的业绩；遇到困难时，要不退缩，不泄气，开拓进取，迎难而上；在逆境中，要不气馁，不丧失原则，不随波逐流；在挫折面前，要不倒下，不涣散意志，不灰心丧气。广大共产党员要始终保持一种蓬勃朝气、昂扬锐气、浩然正气，用这样的精神状态激励自己，永远意气风发、英气勃发，百折不挠、自强不息，有克难制胜、奋发有为的意识，有锲而不舍、创先争优的劲头。

在工作上发挥创造力，要有开拓创新的胆略。勇于创新，事业就会前进；怯于创新，发展就会停滞。为完成党在新世纪新阶段全面建设小康社会的奋斗目标，发展要有新思路，改革要有新突破，开放要有新局面，各项工作要有新举措，没有开拓创新的胆略不行。在改革开放现代化建设的今天，每个共产党员在工作中应不断进取，敢于冲破各种束缚，勇于思考，勇于探索，勇于创新。每个共产党员要按照“三个代表”重要思想的要求，把自己锻炼成为具有开拓创新胆略的人才，以适应党的建设和生产力发展的需要。为此，我们既要继承发扬党的优良传统和作风，又要根据形势任务的变化开拓进取、锐意创新，使各项工作更好地体现时代性，把握规律性，富于创造性。

我们的时代是一个伟大的时代，是一个适宜充分发挥创造力的时代。全体共产党员要以新的思想观念和良好的精神状态，不断地开拓创新，保持先进性，为全面建设小康社会、奋力实现中原崛起作出更大的贡献。

2005 年 7 月

大力发扬艰苦奋斗的作风

艰苦奋斗是我们党的优良传统和政治本色，是党的创造力、战斗力和凝聚力的重要体现，关系着党的生死存亡和国家的前途命运。在保持共产党员先进性教育活动中，教育全省广大党员保持共产党人的政治本色，大力发扬艰苦奋斗的作风，是一项十分重要的课题。

新中国成立前夕，毛泽东同志就郑重指出："务必使同志们继续地保持谦虚、谨慎、不骄、不躁的作风，务必使同志们继续地保持艰苦奋斗的作风。"回顾党的历史，无论是在民主革命时期，还是在社会主义革命和建设以及改革开放时期，我们党都是靠艰苦奋斗不断发展壮大、成就伟业的。县委书记的好榜样焦裕禄在极其困难的年代带领兰考人民与自然灾害作斗争的壮举，正是艰苦奋斗精神的生动体现。同样，林州人民在极端困难的条件下，在太行山的悬崖峭壁上建成了“人工天河”红旗渠；张荣锁带领回龙村群众在千仞绝壁上凿出一千多米长的隧道，修通了8公里长的盘山公路……靠的都是艰苦奋斗、艰苦创业。历史和现实都表明，一个国家、一个民族、一个政党，如果不提倡艰苦奋斗、艰苦创业，人们只想在前人创造的物质文化成果上坐享其成，就会坐吃山空，这样的民族、这样的政党注定是没有希望的。

当前，全面建设小康社会、奋力实现中原崛起是河南人民共同的奋斗目标，是各级党组织和广大党员必须承担的历史责任。我省人口多、底子薄，整体实力与沿海发达省份还有很大差距，面对这样艰巨的任务，离开了艰苦奋斗，要实现这一宏伟目标就会成为一句空话。

我们必须清醒地看到，近些年来，拜金主义、享乐主义和奢靡之风在党员干部队伍中有滋长蔓延之势，艰苦奋斗的作风在一部分党员干部脑海里被淡忘了。

香如故

有的不求进取，关心生活胜过关心工作，过分在意票子、车子、房子；有的律己不严，肆意挥霍国家资财，吃喝玩乐，铺张浪费；有的官架子十足，凌驾于党和人民之上，与群众的感情越来越淡薄。大量事实表明，贪图享乐和奢侈浪费是政治瘟疫，它不但消磨人的意志，使我们的干部沉沦，而且具有传染性，败坏党风民风。因此，在新的历史条件下，能不能经得起权力、金钱、美色的诱惑，能不能树立正确的世界观、人生观、价值观、权力观、地位观，是对每个党员干部尤其是领导干部最现实的考验。那种认为艰苦奋斗是老一套甚至已经过时了的想法，是错误的，也是有害的。

大力发扬艰苦奋斗的作风，关键是每个党员干部要以身作则、率先垂范。要牢记我们手中的权力是党和人民赋予的，只能用来为广大人民谋利益。要坚持立党为公、执政为民，真正为人民掌好权、用好权。要坚持脚踏实地、真抓实干，树立艰苦奋斗的思想，磨炼艰苦奋斗的品质，做到自重、自省、自警、自励，始终保持共产党人的蓬勃朝气、昂扬锐气、浩然正气。

全省广大党员干部一定要牢记“两个务必”，树立为党和人民长期艰苦奋斗的思想，坚持艰苦朴素、勤俭办事，自觉抵制享乐主义、拜金主义、极端个人主义的侵蚀，始终与人民同甘共苦，为实现中原崛起的宏伟目标而不懈奋斗。

2005 年 8 月

学习先进　保持先进

中原大地是英雄辈出的土地，是先锋模范不断涌现的土地。在革命、建设和改革的伟大进程中，我省广大党员认真贯彻党的路线方针政策，充分发挥先锋模范作用，诞生了焦裕禄、史来贺、吴金印、王宏彬、李连成、张荣锁、常香玉、任长霞、王在富、耿瑞先、吴玲等一大批好党员、好干部。在他们身上，集中展现了中华民族的智慧，体现了党的先进性，展示了不同时代中国共产党人的风采和形象。

学习这些先进模范的事迹，继续保持共产党员的先进性，对于全面建设小康社会、奋力实现中原崛起具有十分重要的意义。我们要借正在全省各地如火如荼开展的保持共产党员先进性教育活动这一契机，不断地向先进看齐，向先进学习，始终保持先进性，永远站在改革开放和现代化建设的最前列。

学习先进，就要坚持共产主义的远大理想，坚定走中国特色社会主义道路的信念。在当前，为建设中国特色社会主义而奋斗，就是坚持共产主义理想的实际步骤；在河南，为全面建设小康社会、奋力实现中原崛起而工作就是坚定信念的具体体现。党的奋斗历史表明，共产党人坚定的理想信念是党的事业不断成功并兴旺发达的强大动力和根本保证。广大共产党员一定要把理想信念牢固树立在脑海中，毫不动摇地贯彻党的基本路线和基本纲领，脚踏实地地带领群众脱贫致富，成为百姓最信赖的带头人。

学习先进，就要牢记党的宗旨，全心全意为人民服务，诚心诚意为人民谋利益。坚持立党为公、执政为民，是由我们党的性质和宗旨决定的，是党始终立于不败之地的根本所在。党只有一心为公，立党才能立得牢；只有一心为民，执政才能执得好。我们要像焦裕禄那样，心里始终装着群众，以实际行动弘扬党的密切联系群众的好作风。在任何时候任何情况下，都与人民群众同呼吸、共命运、心连心，为群众诚心诚意办实事，尽心竭力解难事，坚持不懈做好事。

学习先进，就要发扬求真务实、埋头苦干的工作作风，艰苦奋斗，无私奉献。河南人口多、底子薄，实现中原崛起的任务十分繁重，离开了扎实苦干、艰苦奋斗，实现这一目标就会成为一句空话。广大党员要坚持重实际、说实话、务实事、求实效，想群众之所虑，急群众之所难，谋群众之所求，认认真真地解决好关系改革、发展、稳定全局和影响群众生产生活的各种紧迫问题。要始终坚持党和人民的利益高于一切的原则，艰苦朴素、勤俭办事，自觉地抵制享乐主义、拜金主义、极端个人主义的侵蚀，淡泊名利，无私奉献。

学习先进，就要立足本职工作，爱岗敬业，开拓进取，勇创一流业绩。我们党是最高纲领和最低纲领的统一论者，把远大理想和实际行动结合起来是共产党员应有的表现。共产党员所从事的每一个职业和岗位，都与党的事业紧密相连。要做“三个代表”重要思想的忠实实践者，就必须从本职岗位做起，在本职岗位上做出一流业绩。广大共产党员要端正世界观，保持良好的精神状态，紧跟时代，解放思想，勇于创新；

要努力增强职业技能，着力提高职业水平，模范遵守职业道德，全面提高职业素质，为实现中原崛起多作贡献。

学习先进，才能保持先进；与先进为伍，就会永不落伍。在全面建设小康社会、奋力实现中原崛起的伟大进程中，广大共产党员要学习先进，保持先进，认真实践“三个代表”重要思想，充分发挥先锋模范作用，真正成为带领人民群众前进的一面旗帜。

2005 年 8 月

第四辑

诗文诗意

日破云涛万里红

——读江泽民诗《登黄山偶感》

去年 5 月，江泽民同志怀着“向往久之”的心情登上黄山，“一览妙绝风光”，点燃起了澎湃的诗情。这首《登黄山偶感》，倾注了他对祖国河山无限的热爱，寄予了他远大的抱负和宽广的胸襟，洋溢着浪漫主义的神韵，是一首不可多得的杰作。

集华山之险峻、泰山之巍峨、衡山之烟云、庐山之飞瀑、峨眉之清凉的黄山，正像江泽民同志在诗前的题记中所说，处处“杜鹃红艳，溪水清澈”“山峦起伏，峭壁峥嵘”“云变雾幻”。沉浸在如此美妙的环境中，遥望天都峰，背倚迎客松，手接莲花峰、始

山的記憶
丁酉寅鄭鴻傑

信峰，谁都会激发起“持梦笔”“书奇景”的强烈愿望。身为一代领导人，江泽民同志“梦笔”下的“奇景”则与众不同：日破云涛万里红——太阳破云而出，万道霞光，照彻祖国山川。可以想象，这样的“奇景”该是何等的壮丽壮阔壮美，不由使我们想起了毛泽东同志《沁园春·雪》中的词句：“看红装素裹，分外妖娆”，“江山如此多娇”。虽然，毛泽东同志写的是北国风光，江泽民同志画的是南国山水，但伟人们博大的胸怀是一样的，他们的诗，总是能让人产生无穷的力量，坚定对未来的信念和信心。

读江泽民同志的诗《登黄山偶感》，我相信，未去过黄山的人们将会因此对黄山更加向往。

读江泽民同志的诗《登黄山偶感》，我相信，已去过黄山的人们将会因此对黄山更加崇敬。

去黄山亲眼领略“日破云涛万里红”的万千气象，我相信，每个人一定会得到新的收获。

尤其在此刻，在党的第十六次全国代表大会刚刚闭幕之际，重读江泽民同志的诗《登黄山偶感》，更会让我们浮想联翩。诗中那“日破云涛万里红”的宏大意境，恰与十六大提出的全面建设小康社会的灿烂美景相互辉映。这不是巧合，正是领袖胸中的理想化为现实的决策和行动。

让我们以“三个代表”重要思想为指导，与时俱进，开拓创新，去迎接“日破云涛万里红”的光芒！

让我们团结在以胡锦涛同志为总书记的新的党中央周围，向着2020年进军！

2002年12月

附：

登黄山偶感

江泽民

黄山乃天下奇山，余心向往久之，终未能如愿。辛巳四月廿五，始得成行。先登后山，再攀前峰，一览妙绝风光。见杜鹃红艳，溪水清澈，奇松异石，和风丽日，山峦起伏，峭壁峥嵘，云变雾幻，豁然开朗，此黄山之大观也。江山如画，令人心旷神怡，更感祖国河山之秀美，特书七绝登黄山偶感一首以记之。

遥望天都倚客松，
莲花始信两飞峰。

且持梦笔书奇景，

日破云涛万里红。

辛巳四月廿七于黄山

手莫伸，伸手必被捉

——读陈毅诗《七古 · 手莫伸》

在我党的第一代领导集体中，陈毅是一个性格鲜明的人物，他以能文善武为人们所敬仰。论对革命事业作出的贡献，他功勋盖世，是十大元帅之一；论职务，他是共和国的副总理，位高权重。按说，陈毅再怎么骄傲自满都不过分，但他却恰恰相反，始终保持着革命家清廉的节操，始终保持着共产党人谦逊的风骨。

这首《七古 · 手莫伸》无疑是陈毅个人品格的真实写照。它以回肠荡气的旋律和明白晓畅的语言，直抒胸臆，飞流千尺，道出了诗人对权位、粉黛、推戴的正确认识，道出了诗人对功过得失的清醒判断，道出了诗人对党和人民的浓浓深情。通篇洋溢着凛凛正气、烈烈豪气、硬硬骨气，读起来令人热血奔涌，不能不有所感悟，不能不有所启迪。

《七古 · 手莫伸》是陈毅《感事抒怀》组诗中的第四首。组诗前面有一个小题："一九五四年仲春，由京返宁，感触纷来，慨然命笔。不作诗词久矣。观宇宙之无穷，念人生之须臾，反复其言，以励晚节。"可见，诗人当时写诗的心情是"感触纷来"，目的是"以励晚节"。小题为我们加深对这首诗的领悟和理解提供了又一把钥匙。

"以励晚节"的陈毅，他的诗怎能不让我们感动？！

身为一个有血有肉的人，尤其是到了晚年，又有可以炫耀的资本，要做到不贪图享乐、不追慕虚荣实属不易。陈毅也毫不否认这一点。为此他说："岂不爱权位，权位高高耸山岳。岂不爱粉黛，爱河饮尽犹饥渴。岂不爱推戴，颂歌盈耳神仙乐。"但一个人不能仅仅因为有血有肉就要想方设法满足所有的欲望，那与动物相比还有什么区别？所以，人必须还要有思想和品德的完善，还要有纪律和法律的约束。特别是党的干部，更要自始至终以党性修养严格要求自己。“第一想到不忘本，来自人民莫作恶。第二想到党培养，无党岂能有所作？第三想到衣食住，若无人民岂能活？第四想到虽有功，岂无过失应惭怍。”这四个“想到”，正是陈毅做人的准则，也正是他之所以成就为无产阶级革命家的奥秘。

“手莫伸，伸手必被捉”“党与人民在监督，万目睽睽难逃脱”“历览古今多少事，成由谦逊败由奢”，这些诗句都是诗人四个“想到”的必然结果，振聋发聩，堪称警世忠言。

《七古·手莫伸》虽然写于20世纪50年代，至今读起来仍如重锤响鼓，震撼着我们的心灵，它可以置之每一个领导干部的座右，时刻鸣响警钟，要以党和人民的利益为重，要保持好一生的清名。

当你的手想伸向国家和人民的保险柜里的时候，请记着陈毅的忠告：“手莫伸，伸手必被捉。”

2002年8月

附：

七古·手莫伸

陈　毅

手莫伸，伸手必被捉。
党与人民在监督，万目睽睽难逃脱。
汝言惧捉手不伸，他道不伸能自觉，
其实想伸不敢伸，人民咫尺手自缩。
岂不爱权位，权位高高耸山岳。
岂不爱粉黛，爱河饮尽犹饥渴。
岂不爱推戴，颂歌盈耳神仙乐。
第一想到不忘本，来自人民莫作恶。
第二想到党培养，无党岂能有所作？
第三想到衣食住，若无人民岂能活？
第四想到虽有功，岂无过失应惭怍。
吁嗟乎，九牛一毫莫自夸，骄傲自满必翻车。
历览古今多少事，成由谦逊败由奢。

心底无私天地宽

——读陶铸诗《赠曾志》

当你在事业上遭受挫折，甚至心灰意冷的时候，请读读陶铸的诗《赠曾志》，相信你会重新鼓足前进的力量。

当你在生活中被人误解，甚至情绪消沉的时候，请读读陶铸的诗《赠曾志》，相信你会重新扬起希望的风帆。

当你在处理公与私、国家与个人、小我与大我这些截然对立的矛盾时，请读读陶铸的诗《赠曾志》，相信你会找到正确的方法。

陶铸的这首诗写于1969年10月，距离他告别人世只有一个多月的时间。受林彪、“四人帮”的迫害，时年仅 61 岁的陶铸已是心力交瘁，加上病魔缠身，没有得到及时的医治，那种凄惨的状况可想而知。但就是在这种情况下，专案人员又来通知陶铸，要把他从北京赶到合肥，而且不要家属陪伴。与妻子曾志生离死别的时刻，陶铸从容镇定，以诗表露了自己的心迹：坚守共产党员气节，永远对党忠诚。

“重上战场我亦难，感君情厚逼云端。”首联诚挚地表达了对妻子的感激之情：我虽然不能继续为党工作，但你对我的关怀和照顾却始终温暖着我、鼓舞着我，你的深情那么厚重，直逼云端。

“无情白发催寒暑，蒙垢余生抑苦酸。”颔联苦涩地点明了自己身处的境遇：白发无情，催促着我一年年老去；晚来蒙垢，压抑着心中的一阵阵苦酸，岁月的无情和政治上的无奈，是那么的令人伤悲。

“病马也知嘶枥晚，枯葵更觉怯霜寒。”颈联进一步以“病马”“枯葵”作譬，暗示自己可能将不久于人世：我像一匹病马，深深地知道在马槽上嘶鸣的时间已经不多了；也像一株枯葵，更加感觉到了严霜的残酷。

“如烟往事俱忘却，心底无私天地宽。”末联坦诚地抒发了自己的心志：让那一切压抑、痛苦、磨难、不平统统地烟消云散吧，因为在我无私的胸怀里世界是那样的广阔、宽敞。

“心底无私天地宽”，这就是身处逆境时的陶铸崇高的精神境界！

“心底无私天地宽”，这就是老一辈无产阶级革命家的博大胸襟！

这种乐观的人生态度，这种积极的人格操守，有着南宋时期文天祥“人生自古谁无死，留取丹心照汗青”的血脉，有着近代谭嗣同“我自横刀向天笑，去留肝胆两昆仑”的风骨，是五代十国时期李煜的“问君能有几多愁，恰似一江春水向东流”所无法企及的。

陶铸的这首诗，正像陶斯亮所说，“是一个痛苦而坚强的心灵的跳动”。尤其是“心底无私天地宽”一句，很值得今天的广大党员干部认真品味。陶铸在那样一种情境下还对党、对革命忠贞不渝、无怨无悔，我们则更应该把自己的全副身心投入到为人民服务的事业中去。

请注意“心底无私天地宽”中的“无私”两字，

请把这两个字牢记在心头，我们只有无私地面对工作，无私地迎接困难，才会无所畏惧，从而赢得一片广阔的天地！

2002 年 8 月

附：

赠曾志
一九六九年

陶　铸

重上战场我亦难，
感君情厚逼云端。
无情白发催寒暑，
蒙垢余生抑苦酸。
病马也知嘶枥晚，
枯葵更觉怯霜残。
如烟往事俱忘却，
心底无私天地宽。

艰难敢赴身无悔

——读陈奎元诗《惠老送别有感》

明知山重路远、环境艰苦，却仍然豪情满怀，昂首前行。这种乐观主义的态度，这种一往无前的气概，在一个共产党员身上，在一个共产党的领导者的诗中，表现得如此淋漓尽致。

曾经主政西藏 8 年的陈奎元，其写作这首诗的时间是在由内蒙古赴西藏就任之际。与惠老的话别，勾起了诗人创作的灵感；惠老的“殷切叮嘱”，更增添了诗人强烈的使命感和责任感。八句诗 56 个字，字字铿锵，表达了诗人藐视困难、企慕高远的崇高志向和抱负。

临别赠诗，寄情言志，类似的意境和手法在古代诗词中比较常见。但在那些诗中，多的是惆怅和落寞，少的是慷慨和洒脱。像“鸿雁不堪愁里听，云山况是客中过”，像“此地一为别，孤蓬万里征”，像“杨柳东风里，相看泪满巾”，等等，都断不了“愁”和“泪”，着实阴柔有余，阳刚不足。而陈奎元的诗则恰恰相反，洋溢着大气正气豪气，给人以精神和力量、振作与振奋。

西藏在祖国的大西南，非常遥远，且地势高远，气候寒冷。显然，到那里工作意味着什么，诗人是很清楚的。诗中的“天涯”“西天”“葱岭”“金沙”“横断山”“雪”等意象，都充分说明了这一切。可贵的是，诗人并没有流露出哀怨和悲凉之气，而是“白发临风”，而是“赤心追日”，永葆着执着的追求和向往。尤其是一句“艰难敢赴身无悔”，一句“横断山外国为家”，更将诗人的心迹、追求、操守，和他以国为家、以国家利益为至上的高尚情怀，毫不保留地呈现了出来。

身为我党的高级干部，陈奎元发出的“艰难敢赴身无悔”“横断山外国为家”的豪迈誓言，无疑像一声号角，让人从内心里受到震撼。那么，我们其他的党员干部是不是更应该做到这一点？回答是肯定的。

毫无疑问，我们正在从事着的改革开放和正在建设着的有中国特色的社会主义，是前人从未做过的伟大事业。也毫无疑问，这样的伟大事业不是一蹴而就的事情，面临着许多艰难和困苦，需要一大批勇于牺牲的奉献者、实干家。广大党员干部作为群众的领头人，就要真正起到模范带头作用，要有点吃苦精神，要有点舍弃享受的勇气，要有点干成一番事业的雄心壮志，在任何时候、任何情况下，都能够做到“艰难敢赴”，视祖国和人民的利益为最高准则。

“艰难敢赴身无悔”，应当成为共产党人的座右铭！

“艰难敢赴身无悔”，应当成为我们时代的正气歌！

2002 年 2 月

附：

惠老送别有感

陈奎元

将赴西藏，向周惠老辞行。惠老知西藏艰苦，口诵前人“马前桃花马后雪”诗句，殷切叮嘱，珍重话别。

周公送我走天涯，遥指西天落晚霞。

白发临风望葱岭[①]，赤心追日越金沙。

艰难敢赴身无悔，横断山外国为家。

半世足痕留塞北，明朝踏雪看桃花。

①葱岭，古地名，唐玄奘《大唐西域记》有“葱岭”条目曰：“葱岭者，据蟾部州中，南接大雪山。”

应知背后早扬鞭

——读陈奎元诗《公仆》

身为人民公仆，应该以什么样的姿态呈现？应该以什么样的风范标树？陈奎元的诗《公仆》无疑为我们作了最好的回答。

陈奎元笔下的公仆是这样一种人：像牛，永远在不停地劳作，始终把轭紧紧地勒在肩头，奋力向前。

陈奎元笔下的公仆是这样一种“傻子”：像牛，只管牵犁不问报偿，总是用信念和责任的鞭子抽打着自己。

这显然是一幅非常感人的诗人本人的自画像。如果让诗人自己用画笔再描出来，肯定会产生别一番独特的效果。

这显然也是一幅非常生动的共产党人的寓意图。如果让画家用画笔再描出来，必将对每一个公仆起到激励和鼓舞作用。

歌颂牛，赞美牛，以牛为中心意象比喻人民公仆，着力营造诗化的艺术境界，使这首诗具有了无限的张力。它让我们联想到了那种“吃的是草，挤出的是奶”的牛，联想到了那种“不待扬鞭自奋蹄”的牛，还联想到了鲁迅笔下的“孺子牛”。

是的，牛太可爱了。它憨厚、诚实。

是的，牛太可亲了。它平易、素朴。

是的，牛太可敬了。它坚韧、执着。

诗中的牛既是诗人人格的写照，也是对广大领导干部的鞭策与激励。你是不是一个合格的公仆，这首诗就是一面镜子。

“只管牵犁莫问草”“应知背后早扬鞭”，陈奎元以诗句向领导干部提出了要求，具有很重要的现实意义。

“只管牵犁莫问草”，就要抱定恒心、决心，扎

當牛吹牛做事不作秀
乙未初春於蘇荷草堂
耕矢也馮傑

扎实实为老百姓办一些看得见、摸得着的好事、实事；

就要想人民所想，急人民所急

心血和汗水；就要真正深入到群

血肉的联系。

“应知背后早扬鞭”，就要坚定信仰、信念，与时俱进，干事创业；就要时刻想着自己肩上的重担，想着建设有中国特色社会主义的伟大事业；就要有压力和动力，为本地经济和社会的发展夙兴夜寐，殚精竭虑。

作为全诗的画龙点睛之句——“应知背后早扬鞭”，今天读起来更让我们想到了许多。面对知识经济的挑战，面对中国加入 WTO 的未知领域，面对数字网络化时代的到来，每一个领导干部恐怕都应该有愈来愈急切的使命感和紧迫感。埋头苦干虽然是一方面，但勇于迎接挑战，不断加强学习，不停扬鞭催征，则是更重要的。因为唯有如此，才不至于落伍，不至于被历史所抛弃、被时代所淘汰。

“公仆恰似牛耕田”：一幅美丽的乡间图画！

“奋颈埋头轭在肩”：一个感人的劳动镜头！

“只管牵犁莫问草”：一腔无私的公仆襟怀！

“应知背后早扬鞭”：一种永远的献身精神！

2002年4月

附：

公　仆

陈奎元

公仆恰似牛耕田，奋颈埋头轭在肩；
只管牵犁莫问草，应知背后早扬鞭。

乘凉应念种凉人

——读陈奎元诗《夏日游林卡》

即使在轻松的悠游当中，也没有忘掉先辈们开创的基业；即使置身足以“乐忘尘”的美景，仍然把“种凉人”挂记在心头。《夏日游林卡》虽然仅有四句，却艺术地展现了诗人陈奎元宽广的思想境界，使我们看到了一颗饱含着深情的赤子之魂。

诗人公务繁忙，终于在一个夏日有机会到林卡休闲。从诗中可以想象得到，诗人是很兴奋的。一夜轻雷细雨，使早晨的风变得那样舒畅、那样清新。漫步在林卡的林荫道上，路畔的杨柳舞姿婆娑，曼妙动人，丝毫感受不到阳光的灼热，真是如走进了仙境。

在这样一个难得的日子里，在这样一个美好的环境中，无论是谁恐怕都会达到一种忘我之境，或许压根儿就没想起来应该写一首诗或者写一篇散文之类的东西，即使写了，也可能仅仅限于浮光掠影就算完结。但陈奎元的独特之处在于，他不仅写了诗，而且将诗意由此境渡到了彼岸，升华到了一种非常令人感动的高度。“路畔杨柳先辈种，乘凉应念种凉人”，至诚至真，既是整首诗的主体意象，也是全诗的魅力之所在。

应该注意到，“杨柳”是这首诗的主体意象。当然，这里的“杨柳”既是具象化的，也是象征性的，而最主要的是象征性的。它象征着中国一代又一代勤劳的人民所作的巨大贡献，它象征着中国一批又一批伟大的先辈创造的非凡业绩。正是前辈们不断栽种的“杨柳”，才使我们今天享受到了幸福的生活。

“乘凉应念种凉人”，说得何等好啊！我想，陈奎元能写出这样的诗句，不是偶然的，是他长期思考的结果，是他内心世界的外化，是他思想感情的自然流露。他既是在勉励自己，同时也是在勉励每一个当代人，要珍惜我们今天来之不易的成就，要感念我们先辈的功劳，要把我们的事业继续推向前进。

“乘凉应念种凉人”，说得何等好啊！想想中国共产党的80余年历史，是多么的辉煌灿烂，是多么的鲜亮耀眼，哪一步不浸透了先辈的鲜血与汗水？哪一步不凝聚了先辈的智慧和才干？从南湖红船到井冈山到遵义到延安，从解放全中国到建设社会主义到实行改革开放，曾经苦难的神州终于崛起于世界之林，曾经饱受煎熬的中国人终于扬起了头颅。

如今，当我们的祖国在建设现代化的征途上奔驰的时候，你、我、他是不是想到了更多？

“乘凉应念种凉人”，让我们站在今天回想昨天！

“乘凉应念种凉人”，让我们站在今天眺望明天！

2002年6月

附：

夏日游林卡

陈奎元

轻雷夜雨早风熏，林卡悠游乐忘尘。

路畔杨柳先辈种，乘凉应念种凉人。